松本美佳 / 田中結香 / 葉平亭 ◎ 著

田中綾子 ◎ 審訂

完美接待！
飯店服務日語

ルームサービス

はい、ABCホテルでございます。

お部屋を掃除してもよろしいでしょうか。

MP3
寂天雲 APP

如何下載 MP3 音檔

❶ 寂天雲 APP 聆聽：掃描書上 QR Code 下載「寂天雲 – 英日語學習隨身聽」APP。加入會員後，用 APP 內建掃描器再次掃描書上 QR Code，即可使用 APP 聆聽音檔。

❷ 官網下載音檔：請上「寂天閱讀網」（www.icosmos.com.tw），註冊會員／登入後，搜尋本書，進入本書頁面，點選「MP3 下載」下載音檔，存於電腦等其他播放器聆聽使用。

 # 目録

近年來台灣觀光的日本旅客逐年增加，如果飯店服務人員適時地以得體的日文接待客人，不但會讓對方倍感親切，減輕旅途的疲憊，還可以消去身處異地的壓力及緊張感。

基於這樣的想法，我們出版了《完美接待！飯店服務日語》，提供飯店從業人員學習正式而簡潔正確合宜的飯店服務日文。

本書以從客人抵達飯店到離開的服務流程為主軸，主題包含訂房、迎賓、住房登記、退房登記、飯店介紹、房務＆衣物送洗、飯店早餐、觀光交通＆兌換外幣、客訴處理…等等十一個大主題。

本書結構：

主題 Part：全書共有 11 個 Part，每個 Part 包含：

　　　　　「キーワード」：該主題必學單字

　　　　　「キーセンテンス」：該主題必學關鍵句子。

　　　　　「Unit」：與主題相關的最重要 2~3 個單元，包含情境會話

　　　　　　　　　　及應用句型、小知識等。

情境 Unit：全書共有 21 個 Unit，每個 Unit 包含 2~3 個「情境會話」；

　　　　　每個「情境會話」均有相應的「應用句型」或是飯店的「豆

　　　　　知識」。

單元練習：每個 Unit 後面均有 1~2 頁的練習題，讓讀者做深入的回饋

　　　　　練習，了解自己是否確實地掌握了內容的運用。

單字附錄：提供飯店的相關單字。包含：衛浴用品、飯店服務、客房

　　　　　等。

每個 Unit 中的情境會話，是配合每個主題去撰寫，內容實用、長短合宜。會話之後還提供相關的注釋，提供難字或文法解釋，以及貼心的服務小秘訣。讀熟會話內容，讓重要的句子深印腦海，臨場工作時才不會因為怯場而出錯！

利用應用句型來做套入練習，藉此增加敬語運用的嫻熟度。抽出會話中的必學句型，提供相關的單字、句子做替換練習。「應用句型」除了著重於句型的熟悉度之外，另一重點就是敬語的轉換。如果覺得會話文中的敬語句子看起很長，覺得運用困難，就需要多做「應用句型」的練習。

「豆知識」是針對單元主題補充飯店相關資訊，讀者可以更輕鬆地掌握相關的的小細節或是更豐富的表現，以對主題更深入了解。

另外，在本書在 Part 1 簡潔扼要地介紹「日文敬語」，讓讀者對敬語有簡單的了解，內容包含基本敬語規則、敬語的形態及相關基本知識等。

敬語的學習難度高，常讓人打退堂鼓，但是飯店服務人員接待日本客人時，要達到圓融而有效率的溝通，敬語的學習絕不可少！要成為專業的人員，「敬語」是非得越過不可的山頭。

所以在飯店服務日語中，光是「はい」、「すみません」是不夠用的，必須學會「かしこまりました」、「ご迷惑をおかけしまして大変申し訳ございません」等等，才能呈現高度的專業。

敬語雖然難，但是只要先學會使用頻率最高的常用的表現，像是「お待ちいただけますでしょうか。」、「恐れ入りますが……」、「……でございます。」等等，再套上本書中提供的常用會話，就算你不知道敬語中繁雜的尊敬語、謙讓語、丁寧語，在面對客人時也可以得心應「口」，正確得體地說一口漂亮的日文！

由點到線，再由線到全面，希望本書精心的設計及基礎又實用的內容，可以讓站在服務最前線的你輕鬆做好職前訓練，迅速進入工作狀況！不僅應對進退得宜，同時也能讓客人時時刻刻感到被尊重，變身為最完美、最得體的服務生！

PART

基本表現

敬語
敬語

為什麼要使用敬語？

你聽過服務業中的「いかもおおあし」嗎？「いかもおおあし」是取下面的服務業七大用語的第一個字所組成，如果加上「失礼いたします」就是「7＋1」的版本。這些繞口日文都是日文中的敬語表達方式！

- いらっしゃいませ。
- かしこまりました。
- 申し訳ございません。
- 恐れ入ります。

- お待たせいたしました。
- ありがとうございます。
- 少々お待ちください。

那麼，為什麼日文要使用這麼麻煩的敬語呢？

日本人與他人的遠近親疏、輩分關係，可以由語言直接呈現出來。如果對方是自己的上司、長輩，那就得用敬體甚至「敬語」；如果對方是自己的下屬、晚輩就可以用「常體」—— 從敬語的使用與否就可以「聽」出端倪！

飯店服務業裡客人至上乃是鐵律，理所當然要對客人使用敬語 —— 適切的敬語表現，再加上微笑就是與客人之間最佳的潤滑劑！

飯店日文中的敬語，主要用在會話中，使用起來不像商業文書那麼難，要說得得體又有禮，首先只要具備基本的敬語知識，同時熟記幾個基本句型，加以靈活運用，就可以讓客人感到賓至如歸。

敬語的種類有哪些？

　　所謂的敬語可以分為「尊敬語」、「謙讓語」、「丁寧語」三種，分別在各種不同的情況下使用。

尊敬語
- 與對方相關的動作、事物
- 抬高對方地位，表示對對方的敬意。
  如「お（ご）〜なさる」、「お（ご）〜になる」、字首加上「ご・お」、特定單字「いらっしゃる」等等。

謙讓語
- 與己方相關的動作、事物
- 拉低自己立場，表示謙遜態度。
  如「お（ご）〜いたす」、字首加上「ご・お」、特定單字的「承(うけたまわ)る」、「参(まい)る」等等。

丁寧語
- 與兩方相關的動作、事物
- 彼此屬於平等立場，用委婉客氣的方式，讓對方感受到被尊重。
  語尾的「です」「ます」「ございます」、字首加上「ご・お」等等。還有「この人(ひと)」說成「こちら」；「誰(だれ)」說成「どなた」等等，均屬「丁寧語」。

形成敬語的五大類型

1 加上接頭語、接尾語

在名詞前後加上固定的接頭語或接尾語

お仕事、貴社（きしゃ）、ご家族、御社（おんしゃ）

山村様（さま）、社長殿（どの）、青木さん……。

---

2 特殊不規則型動詞

某小部分動詞有其相對的固定敬語動詞。

・いる ⇨ いらっしゃる（尊敬語）；
　　　　　おる（謙讓語）

・する ⇨ なさる（尊敬語）；
　　　　　いたす（謙讓語）
　　　　　　：

---

3 特定句型

除了上面特殊型的動詞之外，其他動詞套入特定的句型就形成敬語。

・お（ご）動詞ます形＋になる

・お（ご）＋動詞ます形＋いたす
　　　　　：

---

4 句尾特定詞

主要用在「丁寧語」

・～です

・～ます

・～でございます

---

5 輔助敬語的用語

雖然本身不是敬語，但是利用「改為鄭重表現」的方式呈現敬語的效果。

・すぐに　　⇨ ただいま

・きのう　　⇨ 昨日（さくじつ）

・ちょっと ⇨ 少々（しょうしょう）
　　　　　：

接頭語要用「お」還是「ご」？

在名詞前面要接「お」還是「ご」有一般性的規則：

「お」接在「和語」前面：お勤め・お望み

「ご」接在「漢語」前面：ご勤務・ご希望

但是有例外，如：

「漢語」前面加上「お」	お弁当・お食事・お行儀・お料理・お散歩・お掃除・お電話……。
「和語」前面加上「ご」	ごゆっくり・ごひいき・ごもっとも……。
加上「お」或「ご」都可以	お返事・ご返事 お勉強・ご勉強 お通知・ご通知
大部分的外來語前面均不加「お」或「ご」	×おコーヒー　　○おビール ×おベッド　　○おトイレ
大部分的動物或植物前面不加「お」或「ご」	×お鳥　　○お魚 ×お麦　　○お花 （お馬さん・お猿さん是例外。）

動詞不規則形尊敬語、謙讓語

動詞	尊敬語	謙讓語	丁寧語
いる	いらっしゃる・ おいでになる	おる	います
する	なさる	いたす	します
言う	おっしゃる	申_{もう}す・ 申_{もう}し上_あげる	言います
行く	いらっしゃる おいでになる	参_{まい}る	行きます
来る	いらっしゃる・ おいでになる お越_こしになる お見_みえになる	参_{まい}る・うかがう	来ます
聞く	——	うかがう、拝聴_{はいちょう}する	聞きます
食べる・飲む	召し上がる	いただく	食べます・ 飲みます
会う	——	お目_めにかかる	会います
見る	ご覧_{らん}になる	拝見_{はいけん}する	見ます
寝る	おやすみになる	——	寝ます
あげる		差_さし上_あげる	あげます
もらう	お受けになる	いただく・頂戴_{ちょうだい}する	もらいます
くれる	くださる	賜_{たまわ}る	くれます
知っている	ご存知_{ぞんじ}だ	存_{ぞん}じている 存_{ぞん}じ上_あげる	知っています
着る	お召_めしになる	——	着ます
思う・考える	——	存_{ぞん}ずる	思います
わかる	——	承知_{しょうち}する	わかります
借りる	——	拝借_{はいしゃく}する	借ります

　＊ 欄位空白的地方，表示沒有特別相應的字詞。

常用敬語的句型

尊敬語	1	「～れる」「～られる」	読まれる 来られる
	2	「お（ご）～になる」	お帰りになる ご覧になる
	3	「お（ご）～ください」 「お（ご）～くださる」	お待ちください ご推薦くださる
謙譲語	4	「お（ご）～する」❶ 「お（ご）～いたす」	お持ちする ご連絡いたす
	5	「お（ご）～いただく」	お電話いただく ご予約いただく
	6	「お（ご）～願う」	お入り願う
	7	「お（ご）～申し上げる」	お喜び申し上げる
丁寧語	8	「～です」	こちらは鈴木さんです
	9	「～ます」	ご飯を食べます
	10	「～でございます」	私は鈴木でございます

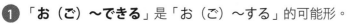

❶「お（ご）～できる」是「お（ご）～する」的可能形。

001

致謝
- ありがとうございます。　謝謝。
- この度は、ご宿泊いただきましてありがとうございました。またのご利用をお待ちしております。　感謝您本次的住宿，歡迎您再度光臨。

道歉
- （大変）申し訳ございません。　（很）抱歉。
- （大変）失礼いたしました。　（很）抱歉。
- お詫び申し上げます。　向您致上歉意。

詢問
- お客様！　（叫住客人時）客人您～
- どのようなご用件でしょうか。　請問您有什麼事？

請求
- 恐れ入りますが、こちらにお名前をご記入ください。　麻煩您在這裡簽名。
- よろしければ、ご用件をお聞かせください。
  可以的話，可以告訴我您有什麼事嗎？
- もう一度お願いいたします。　麻煩再一次。

拒絕
- 私どもでは、分かりかねます❶。　我們不清楚。
- ご遠慮させてください。　懇請讓我們拒絕。

❶「Ｖ~~ます~~＋かねる」表示「難以～；無法～」。

知道
- 承知いたしました。❶　我了解了／我知道了。
- かしこまりました。　是的，沒問題。

等候
- 少々お待ちください。　請稍等。
- 少しお時間をいただけますか。
  可以給我一點時間嗎？
- しばらくお待ち頂けますでしょうか？
  可以請您稍等嗎？
- お待たせいたしました。　讓您久等了。

聽不懂
- もう一度言っていただけますか。　請您再說一次。
- もう少し大きな声でお願いします。
  請您說大聲一點。
- 紙に書いていただいてもよろしいですか。
  可以請您寫在紙上嗎？
- 恐れ入りますが、もう一度お願いいたします。
  很抱歉，麻煩請您再說一次。

其他
- ただいま、参ります。　馬上來！
- さようでございますか。　是這樣啊？
- 失礼いたします。／失礼いたしました。
  （進門、離開、借過等時候）不好意思。／打擾您了。
- 恐れ入りますが……。　（很惶恐地）麻煩您～
- 調べて参ります。少々お待ちください。
  我查一下，請您稍等。
- 担当者を呼んでまいります。　我去請負責的同仁過來。

---

❶ 「わかりました」的謙讓語。不可以說成「了解しました。」

ご予約はいつですか。

~月~日 です。

例 1月1日（いちがつついたち） ⇨ 1月1日（いちがつついたち）から2泊（はく）です。

1月（いちがつ）	4月（しがつ）	7月（しちがつ）	10月（じゅうがつ）
2月（にがつ）	5月（ごがつ）	8月（はちがつ）	11月（じゅういちがつ）
3月（さんがつ）	6月（ろくがつ）	9月（くがつ）	12月（じゅうにがつ）

日曜日（にちようび）	月曜日（げつようび）	火曜日（かようび）	水曜日（すいようび）	木曜日（もくようび）	金曜日（きんようび）	土曜日（どようび）
01 ついたち	02 ふつか	03 みっか	04 よっか	05 いつか	06 むいか	07 なのか
08 ようか	09 ここのか	10 とおか	11 じゅういちにち	12 じゅうににち	13 じゅうさんにち	14 じゅうよっか
15 じゅうごにち	16 じゅうろくにち	17 じゅうしちにち	18 じゅうはちにち	19 じゅうくにち	20 はつか	21 にじゅういちにち
22 にじゅうににち	23 にじゅうさんにち	24 にじゅうよっか	25 にじゅうごにち	26 にじゅうろくにち	27 にじゅうしちにち	28 にじゅうはちにち
29 にじゅうくにち	30 さんじゅうにち	31 さんじゅういちにち	01	02	03	04

G エステサロンは　何時から／何時まで　ですか。①

S ～からです。／～まで です。

例1 朝・7時30分（から）
⇨ 朝7時30分からです。

例2 夜・9時半（まで）
⇨ 夜9時半までです。

あさ 朝	いち じ 1時	しち じ 7時	じゅっ ぷん 10分
よる 夜	に じ 2時	はち じ 8時	にじゅっ ぷん 20分
ごぜん じ 午前～時	さん じ 3時	く じ 9時	さんじゅっ ぷん 30分
ご ご じ 午後～時	よ じ 4時	じゅう じ 10時	よんじゅっ ぷん 40分
～時半	ご じ 5時	じゅういち じ 11時	ごじゅっ ぷん 50分
	ろく じ 6時	じゅうに じ 12時	はん 半

① 24小時營業説成「24時間營業 でございます」。

一泊はいくらですか。
いっぱく

～元・円 でございます。❶

例　4,890　⇨　お一人様　4,890　元です。
　　　　　　　　ひとりさま　　　　　　げん

1万 いち まん	千・1千❷ せん いっ せん	百 ひゃく	1 いち
2万 に まん	2千 に せん	2百 にひゃく	2 に
3万 さん まん	3千 さん ぜん	3百 さんびゃく	3 さん
4万 よん まん	4千 よん せん	4百 よんひゃく	4 よん・よ
5万 ご まん	5千 ご せん	5百 ごひゃく	5 ご
6万 ろく まん	6千 ろく せん	6百 ろっぴゃく	6 ろく
7万 なな まん	7千 なな せん	7百 ななひゃく	7・7 なな しち
8万 はち まん	8千 はっ せん	8百 はっぴゃく	8 はち
9万 きゅう まん	9千 きゅう せん	9百 きゅうひゃく	9 きゅう
10万 じゅう まん			10 じゅう

❶ 百万；一千万；一億。「4円」讀作「よえん」；「4元」讀作
ひゃくまん　いっせんまん　いちおく
「よんげん」。

❷ 如果是「一千」開頭的價格的話，就不讀「1」的數字，如「1,980
円」是「せんきゅうひゃくはちじゅう円」。
えん　　　　　　　　　　　　　　　　　　　えん

すみません。プールはどこですか。

（ ～ は） ～ にございます。

例　1階 ⇨ 1階にございます。

いっかい 1 階	ごかい 5 階	きゅう かい 9 階
にかい 2 階	ろっかい 6 階	じゅっかい 10 階
さんがい 3 階 ❶	ななかい 7 階	じゅういっかい 11 階
よんかい 4 階	はっかい 8 階	じゅうにかい 12 階

❶ 在日本某些地區，三樓也可以説「さんかい」。另外，八樓也可説「はちかい」。

すみません。ホテルショップはどこですか。

 場所 でございます。

例 まっすぐ行ったところ❶
　⇨ まっすぐ行ったところでございます。

ホテルの隣

あの辺り

この別館の裏側

フロントの向かい側

❶ まっすぐ行ったところ（直走的地方）；隣（旁邊）；裏側（裡側）；
　辺り（附近旁邊）；向かい側（對面）

其他指路的常用句

002

沿著……走	・この通り／この道／廊下に沿って行ってください。 沿著這條大馬路／這條路／走廊走過去。
	・川沿い／道なりに 10 分歩いてください。 沿著河／沿著路走 10 分鐘。
	・廊下に沿って左手／右手にございます。 沿著走廊的左手邊／右手邊。

轉彎	・右に曲がってまっすぐ進んでください。 向右轉直走。
	・あちらの角／最初の角を右に曲がってください。 在那個轉角／第一個轉角右轉。
	・そこを曲がったところです。 就在那個轉角處。

渡過 穿過	・橋／信号を渡ってください。 請過橋／紅綠燈。
	・このトンネル／商店街を通り抜けてください。 穿過這個隧道／商店街。

距離 時間	・すぐそこです。 就在那邊。
	・歩いて行けますよ。 步行可以到哦。
	・ここからはかなり遠いです。 從這邊過去的話，有點遠。
	・ここからだと 20 分くらいです。 從這裡過去的話，大概要 20 分鐘。

PART

2 予約
訂房

予約係 （よやくがかり） 預約工作人員
支配人 （しはいにん） 飯店經理

エキストラベッド
加床
子供の添い寝 （こどものそいね）
小孩同床不加床

お得プラン （とく） 特惠活動
宿泊料金 （しゅくはくりょうきん） 住宿費用

満室 （まんしつ） 客滿
空室 （くうしつ） 空房

スタンダード 標準
グレード 等級

シングルルーム
單人房

セミダブル （略小）單床雙人房
ツインルーム 雙床雙人房

ダブルルーム
單床雙人房

素泊まり　不含飲食
<ruby>素<rt>す</rt></ruby><ruby>泊<rt>ど</rt></ruby>まり　不含飲食
<ruby>食事付<rt>しょくじつ</rt></ruby>き　含飲食

<ruby>割引料金<rt>わりびきりょうきん</rt></ruby>　折扣價格
キャンセル<ruby>料<rt>りょう</rt></ruby>　（訂房）取消費用

デラックスルーム　豪華客房
スイートルーム　（飯店）套房

<ruby>喫煙<rt>きつえん</rt></ruby>ルーム　吸菸房
<ruby>禁煙<rt>きんえん</rt></ruby>ルーム　禁菸房

<ruby>平日<rt>へいじつ</rt></ruby>／<ruby>週末<rt>しゅうまつ</rt></ruby>　平日／週末
<ruby>休前日<rt>きゅうぜんじつ</rt></ruby>　假日的前一天

クチコミ　口碑
<ruby>宿<rt>やど</rt></ruby>ランキング　住宿排行榜

キーセンテンス

開始
訂房

- ・ご予約／お電話ありがとうございます。

  謝謝您的訂房／電話。

- ・ご用件を 承 ります。　　請問您有什麼事？

接訂房

- ・何名様／何泊のご予定でしょうか。

  請問預計幾位／住宿幾天？

- ・9月は満室でございます。　　9月份都沒有空房。

- ・和室は4名様まで泊まれます。　　和室最多可以住四人。

- ・部屋ごとではなく、お一人様の料金でございます。

  不是一間房間的價格，是一位的價格。

金額

- ・一泊お一人様○○○○円／元でございます。

  一晚一個人是○○○○日圓／元。

- ・料金には税金とサービス料が含まれています。

  費用含稅及服務費。

- ・連泊の場合、割引がございます。　　連續住宿有折扣。

- ・10%を前金としてご請求いたします。

  要向您索取10%訂金。

- ・当日キャンセルの場合、全額をいただきます。

  當日取消的話，你需要全額負擔。

確定 訂房	・お名前／お電話番号を教えていただけますか。 請問您的大名／電話號碼是？ ・ご予約の保障にはクレジットカードが必要でございます。　需要您的信用卡做支付保證。 ・変更、キャンセルの場合はご連絡ください。 如果有變更、取消的話，請您與我們連絡。 ・かしこまりました。ご予約を 承 りました。 好的。為您訂好房間了。
訂房 結尾	・お越しをお待ちしております。　等候您大駕光臨。 ・お役に立てず、申し訳ございませんでした。 沒能幫上您的忙，很抱歉。 ・またのご予約をお待ちしております。 歡迎您再度訂房。

客人 用語	・料金は税込み／サービス料込み／朝食込みですか。 費用含稅／含服務費／含早餐嗎？ ・眺めのいい／山側の／海側の／静かな部屋をお願いします。　我要景觀好／山邊／海邊／安靜的房間。 ・部屋でネット／ Wi-Fi は使えますか。 房間可以使用網路／ Wi-Fi 嗎？ ・全館でご利用いただけます。　全館均可使用。 ・事前に荷物を送りたいんですが。　我想要先寄出行李。

（005）

会話 1　電話での予約1 ── 電話訂房1

（電話で）

 はい、台北 ABC ホテルでございます。❶

 あのう、宿泊の予約をお願いしたいんですが。

 ありがとうございます。いつのご予定でしょうか。

 5月10日から2泊、二人でお願いします。

 お部屋はいかがいたしましょうか。

 ツインをお願いします。

 かしこまりました。お調べいたしますので、少々お待ち
ください。

❶ 規模比較大的飯店，會有專門負責訂房的工作人員（予約係），可能出現下列的對話：

S1：係の者とかわりますので、少々お待ちくださいませ。
幫您轉接負責人，請您稍候。

S2：……お電話かわりました。予約係の陳と申します。いつのご予約でございます
か？　您好，我是訂房的負責人，敝姓陳。請問您要訂什麼時候呢？

お（ご）　〜　する❶　006

例　調べる（お）　⇨　お調べします。

待たせる（お）

知らせる（お）

確認する（ご）

案内する（ご）

お（ご）　〜　ください❷　007

例　待つ　⇨　お待ちください。

呼ぶ

声をかける

こちらに座る

こちらのお席にかける

こちら側に並ぶ

❶　「**おR−する／ごNする**」表示「我為您（們）做……」之意，是一種自謙的表達方式。（「R-」是指「ます形」如「使います」的「使い」形態）

❷　「**おR−ください／ごNください**」表示「請您（們）做……」之意。

（空室状況を調べる）

お待たせいたしました。ご希望の日にちでお部屋をお取りできます。
お客様のお名前とお電話番号をお願いいたします。

田中春子です。電話番号は 2134-5555 です。

ご予約を確認させていただきます [1]。
田中春子様、ツインルームのお部屋で 5 月 10 日、11 日の 2 泊でご予約を 承 りました [2]。お電話番号は 2134-5555 でございますね。

はい、そうです。

ご予約ありがとうございました。
どうぞお気をつけてお越しくださいませ [3]。

RESERVED

---

[1] 請參照 P. 34

[2] 承る：接受、遵從。「引き受ける」、「 承 諾する」的謙讓語。

[3] 這裡的「くださいませ」是「ください」加上「ませ」的敬語表現。加「ませ」原來是女性使用居多，但是這裡的「お越しくださいませ」是男女通用。

お（ご）　～　できます①

例 取<ruby>と</ruby>る（お）　⇨　お取<ruby>と</ruby>りできます。

用意<ruby>ようい</ruby>する（ご）

案内<ruby>あんない</ruby>する（ご）

21時<ruby>じ</ruby>までお待<ruby>ま</ruby>ちする

お（ご）　～　くださいませ

010

例1 越<ruby>こ</ruby>す（お）　⇨　お越<ruby>こ</ruby>しくださいませ。

過<ruby>す</ruby>ごす（お）

利用<ruby>りよう</ruby>する（ご）

例2 お気<ruby>き</ruby>をつけて（越<ruby>こ</ruby>す）
⇨　お気<ruby>き</ruby>をつけてお越<ruby>こ</ruby>しくださいませ。

どうぞごゆっくり（過<ruby>す</ruby>ごす）

ぜひ（利用<ruby>りよう</ruby>する）

---

① 以「おR－できる／ごNできる」方式接續，是「お（ご）～する」（謙讓語）
的可能形。這個句型用在對方的動作上原本為誤用（正確應該是「お（ご）～に
なれる」），但是積非成是，所以有時也會看到如「この入<ruby>い</ruby>り口<ruby>ぐち</ruby>はご利用<ruby>りよう</ruby>できま
せん。」（這個入口不能使用。）的表達方式。

どのようなお部屋がよろしいでしょうか。

 ダブルの部屋をお願いします。

 ただいまお部屋を確認いたしますので、少々お待ちください。（しばらくして）

お待たせしました。7,500 元のお部屋と 6,300 元のお部屋がご用意できますが、いかがいたしましょうか。

 6,300 元のほうでお願いします。

 かしこまりました。
サービス料 10%を別にご請求させていただくことになりますが、よろしいでしょうか。

 はい、結構です。

お（ご）　〜　いたす [1]

(012)

例1 案内する ⇨ ご案内いたします。

すぐ伺う（お）

受ける（お）

紹介する（ご）

説明する（ご）

例2 お荷物を持つ ⇨ お荷物をお持ちいたします。

ご用件を伺う

ご予約を受ける

イベントを紹介する

サービスを説明する

1 「**おR－いたす／ごNいたす**」表示「我為您（們）做……」之意，是一種自謙的表達方式。「**いたす**」是「する」的謙讓語。

〜 させていただきます ❶

例1 確認（かくにん）する ⇨ 確認（かくにん）させていただきます。

案内（あんない）する

終了（しゅうりょう）する

請求（せいきゅう）する

失礼（しつれい）する

例2 サービス料（りょう）10%を請求（せいきゅう）する
⇨ サービス料（りょう）10%をご請求（せいきゅう）させていただきます。

パスポートを拝見（はいけん）する

ご予約（よやく）を確認（かくにん）する

❶ 「……させていただく」表示「感謝對方讓自己這樣做」。藉由謙讓的表現方式，表達對客人的敬意，是很常用的敬語表現。但是使用過度，會有過於卑下的感覺，所以使用上要小心。

練習問題

1 次の単語を日本語で答えなさい。

① 特恵活動	② 客満	③ 空房
( )	( )	( )
④ 標準	⑤ 等級	⑥ （住宿）不含餐
( )	( )	( )

2 例のように文を作りなさい。

例 調べる　　　⇨　　　お調べします
----

① 知らせる　　⇨
----

② 確認する　　⇨
----

③ 案内する　　⇨

例 待つ　　　⇨　　　お待ちください
----

④ 呼ぶ　　　　⇨
----

⑤ こちらに座る　⇨
----

⑥ こちらに並ぶ　⇨

例 取る　　　⇨　　　お取りできます
----

⑦ 待つ　　　　⇨
----

⑧ 用意する　　⇨
----

⑨ 利用する　　⇨

例 書く　　　⇨　　　お書きくださいませ
----

⑩ 過ごす　　　⇨
----

⑪ 利用する　　⇨
----

⑫ 越す　　　　⇨
----

1 （　　　）当日キャンセルの場合、全額を（a. いただきます　b. くださいます）。

2 （　　　）料金には税金とサービス料が（a. 承ります　b. 含まれています）。

3 （　　　）お気をつけてお越し（a. なさいます　b. くださいませ）。

4 （　　　）ご用件をお伺い（a. いたします　b. できます）。

4 正しい順番に並びかえなさい。

1 お部屋 / いたします / を / ただいま / 確認

⇨ --

2 場合 / の / ございます / が / 連泊 / 割引

⇨ --

3 を /10% / 前金 / 請求 / として / いたします

⇨ --

4 いただきます / を / 拝見させて / パスポート

⇨ --

5 次の文を翻訳しなさい。

1 請問您的大名是？　⇨ --

2 謝謝您的預約。　　⇨ --

3 ９月沒有空房。　　⇨ --

4 一晚一人是一萬日圓。　⇨ --------------------------------------

6 （　　　）に単語を記入しなさい。

1 お役に立てなくて、（　　　　　　　　　　　　　）でした。

2 またのご予約を（　　　　　　　　　）おります。

36 3 係りの者と（　　　　　　　　　）ので、少々お待ちくださいませ。

（014）

会話 1　要望にそえない場合 ── 無法提供客人想要的房間時

5月10日から2泊、二人でお願いします。

（空室状況を調べる）まことに申し訳ございません。ご希望の日は全館満室になっております。ご都合がよろしければ、ほかの日でご検討いただけませんでしょうか。

じゃ、ツインルームで、5月17日から2泊は？

はい、少々お待ちください。

（空室状況を調べる）5月17日のツインルームも、満室でお取りできませんが…。ダブルルームでしたら、お取りできます。

それじゃ、ダブルルームでもいいです。

かしこまりました。それでは、ダブルルームでご予約を入れさせていただきます。

〜 は満室で、お取りできませんが…

例 シングルルーム ❶
⇨ シングルルームは満室（まんしつ）で、お取（と）りできませんが…。

和室（わしつ）

洋室（ようしつ）

ツインルーム

ダブルルーム

四人部屋（よにんべや）

海の見える部屋（うみ み へや）

〜 になっております ❷

例 全館満室（ぜんかんまんしつ） ⇨ 全館満室（ぜんかんまんしつ）になっております。

全館禁煙（ぜんかんきんえん）

宿泊者以外の方の出入りは禁止（しゅくはくしゃいがい かた でい きんし）

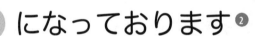

❶ シングルルーム（單人房）；ツインルーム（雙床的雙人房）；ダブルルーム（單床雙人房）

❷ 「〜になっております」是「〜になっています」的謙譲語。

会話2　他のリクエスト　　其他的要求

予約したいんですが。大人二人、子供二人です。

ありがとうございます。ダブル2部屋でよろしいでしょうか。税込みで、1泊14,000円でございます。

もう少し安いプランはありますか？ツインにエキストラベッドとか。子供は一人は10歳で、もう一人は7歳です。

ツインにエキストラベッドですと、8,000円でお泊まりできますが、お子様の朝食は付いておりません。

3人部屋にエキストラベッドですと、部屋代は9,000円で、朝食は3人分でございます。

そうですか。じゃ、3人部屋にエキストラベッド、一人分の朝食追加ということでお願いします。

かしこまりました。

〜 でよろしいでしょうか

例 ダブル2部屋(ふたへや)
⇨ **ダブル2部屋(ふたへや)でよろしいでしょうか。**

禁煙室(きんえんしつ)

喫煙室(きつえんしつ)

高層階(こうそうかい)

道路側(どうろがわ)

角部屋(かどべや)

エレベーターに近(ちか)い部屋(へや)

コネクティングルーム❶

以上(いじょう)

これ

❶ コネクティングルーム（連通房，兩房之間有門相通）；角部屋(かどべや)（邊間房）

会話 3　キャンセルを受ける　　取消訂房　(019)

 予約をキャンセルしたいんですが。

 かしこまりました。お客様のお名前をお願いします。

 田中健一です。

 少々お待ちください。5月10日、11日にシングルルームをご予約の田中健一様でいらっしゃいますね。

 はい。

 恐れ入りますが、ご宿泊日の前日のキャンセルですので、宿泊代の50%をご請求させていただきます。宿泊代は8,000元ですので、その50%で4,000元になりますが、よろしいでしょうか。

 はい、わかりました。

 ご予約のキャンセルを確かに承りました。またのご利用をお待ちしております。

お（ご） ～ いただけます[1]

例1 予約する（ご） ⇨ ご予約いただけます。

待つ（お）

来館する（ご）

教える（お）

利用する（ご）

例2 予約する ⇨ ご予約いただいております。

教える（お）

越す（お）

利用する（ご）

[1] 「おR－いただく／ごNいただく」表示「承蒙您做……」，是一種謙讓語的表達方式，表達出禮貌鄭重的感覺。

練習問題

1　次の単語を日本語で答えなさい。

1 日式客房	2 西式客房	3 四人房
（　　　　　）	（　　　　　）	（　　　　　）
4 單人房	5 雙床的雙人房	6 單床雙人房
（　　　　　）	（　　　　　）	（　　　　　）
7 邊間房	8 靠馬路那邊	9 高樓層
（　　　　　）	（　　　　　）	（　　　　　）

2　a,b の正しいほうを選びなさい。

1 （　　　）それでは、ご予約を（a. 入れさせていただきます　b. 入らせていただきます）。

2 （　　　）こちらの部屋で（a. くださいますか　b. よろしいでしょうか）

3 （　　　）（a. どうぞ　b. まことに）申し訳ございません。

3　正しい順番に並びかえなさい。

1 満室 / が… / 和室 / で / は / お取りできません

⇨ ---

2 でしたら / ダブルルーム / できます / お取り

⇨ ---

3 プラン / ありますか / 安い / は / もう少し

⇨ ---

4 ご予約 / 承りました / 確かに / の / を / キャンセル

⇨ ---

4 例のように文を作りなさい。

例 待つ ⇨ お待ちいただけます
----

1 予約する ⇨
----

2 来館する ⇨
----

3 利用する ⇨
----

4 教える ⇨
----

5 次の文を翻訳しなさい。

1 您希望的日期全館都客滿了。

⇨
----

2 可不可以考慮其他日期？

⇨
----

3 不含小朋友早餐。

⇨
----

6 （　）に単語を記入しなさい。

G： 予約をキャンセルしたいんですが。

S： かしこまりました。お客様のお名前を（ 1 　　　　　）。

G： 田中健一です。

S： （ 2 　　　　　）が、ご宿泊日の前日ですので、

（ 3 　　　　　）代の 50% をご請求（ 4 　　　　　）。

PART

3 ご到着
抵達

フロント
飯店前檯

コンシェルジュ
飯店禮賓員

ポーター 行李員

ポーターデスク
行李櫃檯

ベルマン
門房、行李員

ドアマン 門房

トランク 車後行李箱

チップ 小費

お荷物 行李

貴重品 貴重物品

引換え証 領取牌

番号札／タグ
號碼牌

階段 樓梯

エレベーター 電梯

非常口 逃生門

廊下の突き当たり
走廊盡頭

フロア 樓層

フロアマップ
樓層簡介

キーセンテンス

迎賓	・こんにちは。ABC ホテルへようこそ。 您好，歡迎光臨 ABC 飯店。
行李員	・お荷物をお持ちいたします。　　我為您提行李。 ・お荷物はこちらで全部でございますか。 行李這是全部了嗎？ ・お部屋までご案内いたします。　　我帶您到房間。
送行李 到房間	・エアコンは調節ができます。　　冷氣可以調節。 ・ホテル内のサービスはこちらの案内書をご覧ください。　　飯店內的服務，您可以看這個說明書。 ・ドアはオートロックでございます。　　門是自動上鎖的。 ・非常口／お部屋の設備をご案内いたします。 為您介紹逃生口／房間設備。 ・他にご用はございませんか。　　您還有其他的事嗎？ ・何かございましたらフロントまでご連絡ください。 有任何問題，請您與前檯連絡。
小費	・当ホテルはノーチップ制でございます。 本飯店不收小費。 ・お気持ちだけありがたくお受けいたしておきます。 您的心意我心領了。
客人	・荷物はそこに置いといてください。　　行李請放那邊。

49

〔023〕

会話 1　到着したばかりの場合 ── 剛抵達

こんにちは。ABC ホテルへようこそ。お荷物をお持ち
いたしましょうか。

タクシーのトランクに荷物がありますから、お願いしま
す。

かしこまりました。（しばらくして）お荷物は三つでござ
いますか。

はい、そうです。

こちらへどうぞ。

……………（ホテルの館内へ）……………

ありがとうございます。こちらは番号札でございます。
チェックインの際にフロントにお渡しください。お荷物
はポーターがお部屋までお届けいたします。どうぞご
ゆっくりお過ごしくださいませ。

どうも、ありがとう。

お（ご） ～ いたしましょうか ❶

例1 持<small>も</small>つ（お）　⇨　お持<small>も</small>ちいたしましょうか

預<small>あず</small>かる（お）

用意<small>ようい</small>する（ご）

手伝<small>てつだ</small>う（お）

変更<small>へんこう</small>する（ご）

例2 お荷物をお持<small>も</small>ちする
　⇨　お荷物をお持<small>も</small>ちいたしましょうか。

部屋<small>へや</small>のかぎをお預<small>あず</small>かりする

ベビーベッドをご用意<small>ようい</small>する

部屋<small>へや</small>をご変更<small>へんこう</small>する

何<small>なに</small>かお手伝<small>てつだ</small>いする

❶ 「お（ご）～いたしましょうか」表示「提議～」。
　「いたす」是「する」的謙讓語。

025

ABC ホテルへようこそ。お荷物はおいくつでございますか。

3個です。

スーツケース2点とバッグ1点でございますか。

そう、それで全部です。

フロントへご案内いたします。どうぞこちらへ。

どうもありがとう。

チェックインの手続きがお済になりましたら、ベルマンがお部屋までご案内いたします。

わかりました。

どうぞごゆっくりお過ごしくださいませ。

お（ご）　〜　になる[1]

例1　済<ruby>す</ruby>む　⇨　お済<ruby>す</ruby>みになります。

| 利用<ruby>りょう</ruby>する（ご） | 使<ruby>つか</ruby>う（お） |

| 待<ruby>ま</ruby>つ（お） | 戻<ruby>もど</ruby>る（お） |

| 休<ruby>やす</ruby>む（お） |

例2　カードを利用<ruby>りょう</ruby>する
　　⇨　カードをご利用<ruby>りょう</ruby>になりますか。

| インターネットを使<ruby>つか</ruby>う |

| Wi-Fi を使<ruby>つか</ruby>う |

[1]　「**おR−になる／ごNになる**」表示「您（做）……」之意，尊敬語句型。

会話 3　部屋へ誘導 引領客人進房

お部屋（へや）へご案内（あんない）いたします。
お荷物（にもつ）はスーツケース２点（てん）とバッグ１点（てん）の３点（でん）でございますか。

そうです。

こちらのエレベーターへどうぞ。

はい。

………………（エレベーターに乗る）………………

こちらのお部屋（へや）でございます。どうぞ。
お荷物（にもつ）はこちらにお置（お）きしてよろしいでしょうか。

はい。

コートはこちらにお掛（か）けしておきます。

ええ、お願（ねが）いします。

カーテンをお開（あ）けしましょうか。

ええ。

こちらがお部屋（へや）の鍵（かぎ）でございます。
他（ほか）にご用（よう）はございませんでしょうか。

大丈夫（だいじょうぶ）です。

では、どうぞごゆっくりお過（す）ごしくださいませ。

 お（ご）　〜　しておきます❶

028

例　（こちらに）かける
　　⇨　（こちらに）お<ruby>掛<rt>か</rt></ruby>けしておきます。

| <ruby>伝<rt>つた</rt></ruby>える | <ruby>手配<rt>て はい</rt></ruby>する |

こちらにお<ruby>置<rt>お</rt></ruby>きする

お<ruby>気持<rt>き も</rt></ruby>ちだけお<ruby>受<rt>う</rt></ruby>けする

〜　はございませんでしょうか

029

例　<ruby>他<rt>ほか</rt></ruby>に<ruby>ご用<rt>よう</rt></ruby>
　　⇨　<ruby>他<rt>ほか</rt></ruby>に<ruby>ご用<rt>よう</rt></ruby>はございませんでしょうか。

| <ruby>他<rt>ほか</rt></ruby>にお<ruby>荷物<rt>に もつ</rt></ruby> | お<ruby>忘<rt>わす</rt></ruby>れ<ruby>物<rt>もの</rt></ruby> |

<ruby>他<rt>ほか</rt></ruby>にお<ruby>役<rt>やく</rt></ruby>に<ruby>立<rt>た</rt></ruby>てること

1 次の単語を日本語で答えなさい。

1 飯店前檯	2 飯店禮賓員	3 門房
( )	( )	( )
4 小費	5 逃生門	6 樓梯
( )	( )	( )
7 電梯	8 走廊盡頭	9 車後行李箱
( )	( )	( )
10 領取牌	11 貴重物品	12 樓層
( )	( )	( )

2 例のように文を作りなさい。

例 持つ ⇨ お持ちいたしましょうか

1 手伝う ⇨ _____ 2 用意する ⇨ _____

3 変更する ⇨ _____

例 使う ⇨ お使いになりますか

4 戻る ⇨ _____ 5 休む ⇨ _____

6 利用する ⇨ _____

例 伝える ⇨ お伝えいたしておきます

7 運ぶ ⇨ _____ 8 掛ける ⇨ _____

9 預かる ⇨ _____

3 a,b の正しいほうを選びなさい。

1 (　) お荷物を（a. お持ちになり　b. お持ちいたし）ましょうか。

2 (　) お荷物は（a. おいくつ　b. おいくら）でございますか。

3 (　) おかばんはこちらで全部で（a. ございますか　b. ありますか）。

4 正しい順番に並びかえなさい。

1 ご案内 / まで / いたします / お部屋

⇨ _____ 。

2 ノーチップ制 / ホテル / 当 / は / でございます

⇨ _____ 。

3 お部屋 / ポーター / まで / が / お届けいたします

⇨ _____ 。

4 お受け / おきます / だけ / お気持ち / いたして

⇨ _____ 。

5 次の文を翻訳しなさい。

1 您還有其他的事嗎？

⇨ _____

2 有任何問題，請您與前檯連絡。

⇨ _____

3 為您介紹逃生口。

⇨ _____

4 冷氣可以調節。

⇨ _____

6 （ ）に単語を記入しなさい。

S：ABC ホテルへ（ 1 ⃞ ）。お荷物を（ 2 ⃞ ）いたしましょうか。

G：お願いします。

S：（ 3 ⃞ ）。お荷物は三つで（ 4 ⃞ ）か。

G：はい、そうです。

PART

4 チェックイン
住房登記

📶 キーワード

📶 キーセンテンス

📶 Unit 6 チェックイン

パスポート　護照	よやくかくにんしょ 予約確認書　訂房單	と 泊まる　住宿
しゅくはく 宿泊カード　住宿卡	よやくばんごう 予約番号　訂房單號	たいざい 滞在する　停留

デポジット／ あず　　　きん 預かり金 預付金、押金	こじんきゃく 個人客　散客 だんたいきゃく 団体客　團體客	カードキー　房卡 ばんごうふだ 番号札　號碼牌

フロント　飯店前檯 うけつけ 受付　接待處	ロビー　大廳 コンシェルジュデ スク　禮賓櫃檯	い　ぐち 入り口　入口 で　ぐち 出口　出口

キーセンテンス

辦理住房

・パスポート／クレジットカードを見せていただけますか。　請出示您的護照／信用卡。

・こちらにお名前などをご記入ください。
請在這邊填寫您的姓名。

・お部屋の番号は 1503 でございます。こちらが鍵です。　您的房號是 1503，這是您的鑰匙。

・差額はチェックアウトの際に清算いたします。
差額在退房時結算。

基本説明

・朝食はバイキング形式／1階でございます。
早餐是自助吧式／在一樓。

・お客様に伝言／ファックス／お荷物が届いております。　有客人您的留言／傳真／行李。

・今、係りの者がお部屋までご案内いたします。
現在工作人員帶您到房間。

手續完成

・ごゆっくりおくつろぎくださいませ。　請您輕鬆休息。

・何かご要望がございましたら、フロントにお申し付けください。　如果有什麼需求，請您連絡前檯。

客人

・今チェックインできますか。　現在可以辦理住房嗎？

・チェックインまで荷物を預かってもらえますか？
辦理住房登記之前，可以請你幫我保管行李嗎？

・預かってもらっていた荷物をお願いします。名前は○○○○です。　我要取寄放的行李，姓名是○○○○。

61

(032)

会話 1　個人客チェックイン　—　散客旅客辦理
住房登記

 いらっしゃいませ。

 チェックインをお<ruby>願<rt>ねが</rt></ruby>いします。

 ご<ruby>予約<rt>よやく</rt></ruby>の<ruby>お客様<rt>きゃくさま</rt></ruby>でいらっしゃいますか。

 はい。

 ご<ruby>予約番号<rt>よやくばんごう</rt></ruby>をお<ruby>願<rt>ねが</rt></ruby>いいたします。

 はい、どうぞ。

 <ruby>少々<rt>しょうしょう</rt></ruby>お<ruby>待<rt>ま</rt></ruby>ちください。（しばらくして）<ruby>森田健一様<rt>もりたけんいちさま</rt></ruby>でい

らっしゃいますね。

 はい、そうです。

それでは、お手数 ❶ ですが、この用紙にお名前、パスポート番号などをご記入ください。それと、パスポートとクレジットカード ❷ をお願いいたします。

……………（手続きが済んでから）……………

ありがとうございました。こちらはルームカードでございます。1102号室でございます。こちらは朝食券でございます。朝食はロビーのレストランにて、6時30分から10時までご利用いただけます。

ごゆっくりおくつろぎくださいませ。

❶ **手数**（添麻煩）

❷ 部分飯店會在辦理住房手續時，要求房客出示信用卡，做為支付保證。若房客沒有信用卡，可要求以現金支付「デポジット」（預付金）。

～ でございます ●

例1 朝食券（ちょうしょくけん） ⇨ 朝食券（ちょうしょくけん）でございます。

> 満室（まんしつ）

> お荷物（にもつ）

> 部屋のかぎ（へや）

例2 朝食券（ちょうしょくけん） ⇨ こちらは朝食券（ちょうしょくけん）でございます。

> ルームカード

> お荷物（にもつ）

> 番号札（ばんごうふだ）

No._____

BREAKFAST COUPON
6.30-9.30 am

DATE:_____

ROOM:_____

● 「～です」的敬語。

会話 2　団体客チェックイン

團體客人辦
理住房登記

すみません、日本_{にほん}からのホリデー観光_{かんこう}グループのチェックインをお願_{ねが}いしたいのですが。

ご予約_{よやく}は承_{うけたまわ}っております。代表者_{だいひょうしゃ}の小林様_{こばやしさま}でございますか。

はい。

人数_{にんずう}は 10 名様_{めいさま}でよろしいでしょうか。

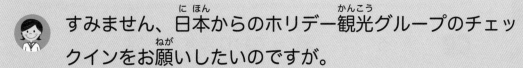

はい。

お部屋_{へや}はツインを 5 部屋_{へや}お取_とりしております。
ご宿泊_{しゅくはく}カードはすでに記入_{きにゅう}しておりますので、
皆様_{みなさま}のパスポートをご確認_{かくにん}させていただきます。

はい、どうぞ。

お預_{あず}かりいたします。少々_{しょうしょう}お待_まちくださいませ。

………………（しばらくして）………………

パスポート、お返_{かえ}しいたします。こちらは、皆様_{みなさま}の朝食_{ちょうしょく}
券_{けん}とお部屋_{へや}の鍵_{かぎ}でございます。

ポーターがお部屋_{へや}までご案内_{あんない}いたしますので、あちらの
ソファーでしばらくお待_まちくださいませ。

～ ております

例1　承る ⇨ 承っております

ご用意する　　ご記入する

お待ちする　　ご提供する

例2　ご来館を待つ
⇨　またのご来館をお待ちしております[1]。

予約（ご）

電話（お）

---

[1]　「**～しております**」是「**～しています**」的謙讓語。

いらっしゃいませ。

 予約^{よやく}しておいた森田健一^{もりたけんいち}ですけど。（パスポートを見せる）

今^{いま}チェックインできますか。

 森田様^{もりたさま}でいらっしゃいますね。まことに申^{もう}し訳^{わけ}ございませんが、チェックインは２時^じより受^うけ付^つけさせていただいておりますので、それまでお待^まちいただけますでしょうか。

 そうですか。じゃ、荷物^{にもつ}を預^{あず}けることはできますか。

 はい、お荷物^{にもつ}はこちらでお預^{あず}かりいたします。

……………（荷物を預かる）……………

こちらがタグでございます。

🍴 **領行李時的會話：**

G：荷物^{にもつ}を受^うけ取^とります。　我要取行李。

S：かしこまりました。タグをいただけますか。　好的，可以給我您的號碼牌嗎？

お（ご）　V　いただけますでしょうか ❶

 (037)

例 待<ruby>待<rt>ま</rt></ruby>つ　⇨　お<ruby>待<rt>ま</rt></ruby>ちいただけますでしょうか。

<ruby>確<rt>かく</rt>認<rt>にん</rt></ruby>する

お<ruby>名<rt>な</rt>前<rt>まえ</rt></ruby>を<ruby>聞<rt>き</rt></ruby>かせる

お<ruby>名<rt>な</rt>前<rt>まえ</rt></ruby>を<ruby>教<rt>おし</rt></ruby>える

こちらから<ruby>選<rt>えら</rt></ruby>ぶ

アンケートに<ruby>協<rt>きょう</rt>力<rt>りょく</rt></ruby>する

❶ 「**お R－いただく／ご N いただく**」表示「承蒙您做……」，表達出禮貌鄭重的感覺。「**いただける**」是「いただく」的可能形。

練習問題

1 次の単語を日本語で答えなさい。

1 護照	2 住宿卡	3 訂房單
（　　　　　）	（　　　　　）	（　　　　　）
4 訂房單號	5 住宿	6 停留
（　　　　　）	（　　　　　）	（　　　　　）
7 預付金	8 散客	9 團體客
（　　　　　）	（　　　　　）	（　　　　　）
10 房卡	11 號碼牌	12 大廳
（　　　　　）	（　　　　　）	（　　　　　）

2 a,b の正しいほうを選びなさい。

1 （　） クレジットカードを（a. 見て　b. 見せて）いただけますでしょうか。

2 （　） お部屋の番号は 301 で（a. ございます　b. おります）。

3 （　） （a. ごゆっくり　b. まことに）おくつろぎくださいませ。

3 例のように文を作りなさい。

例	待つ	⇨	お待ちしております
1	取る	⇨	
2	預かる	⇨	
3	用意する	⇨	
例	待つ	⇨	お待ちいただけますでしょうか
4	選ぶ	⇨	
5	聞かせる	⇨	
6	協力する	⇨	

例	朝食券	⇨	こちらは朝食券でございます
☒	ルームカード	⇨	
☒	番号札	⇨	
☒	部屋のかぎ	⇨	

4　正しい順番に並びかえなさい。

1 おります / お客様 / お荷物 / に / が / 届いて

⇨

2 ございましたら / ください / ご要望 / フロント / に / が / お申し付け

⇨

3 ツイン / お部屋 / は / お取りして / を / おります

⇨

5　チェックインの順序に従って文を作りなさい。

1 請在單子上寫下您的姓名、護照號碼等。

⇨

2 請您把護照讓我確認一下。

⇨

3 早餐在大廳的餐廳享用，開放時間是 6:30 ～ 10:00。

⇨

4 服務生會帶您到房間。

⇨

PART

5 チェックアウト
退房

現金^{げんきん} 現金

クレジットカード
信用卡

消費税^{しょうひぜい} 消費税

サービス料^{りょう}
服務費

明細書^{めいさいしょ} 明細

領収書^{りょうしゅうしょ} 收據

サインする 簽名

お控え^{ひか} 信用卡簽單

ビザ／マスター
VISA ／ MASTER

有効期限^{ゆうこうきげん} 有效期限

税込み^{ぜいこ} 含税

税別^{ぜいべつ} 税外

レイトチェックアウト 延後退房

アーリーチェックイン 提早住房

追加料金^{ついかりょうきん} 追加費用

加算する^{かさん} 加收（〜費）

有料^{ゆうりょう} 須付費

無料^{むりょう} 免費

打招呼 ・よくお休みになられましたか。　　您睡得舒服嗎？

退房 ・料金は合計 19,800 元でございます。　　費用合計 19,800 元。

・金額はサービス料が 10% 含まれております。

金額含 10% 的服務費。

・別途料金がかかります。　　產生額外費用。

・ミニバーはご利用なさいましたか。

請問您是否有享用冰箱裡的飲料呢？

・お支払いはどのようになさいますか。

請問您要用什麼支付？

送客 ・タクシーがお待ちしております。お荷物は車に積み込んでございますのでご確認ください。

計程車在等您，行李已經放入車內。請您確認。

・またのお越しをお待ちしております。　　期待您再度光臨。

・またのご利用をお待ち申し上げております。

期待您再度光臨（本飯店）。

客人用語 ・チェックアウト後でも館内施設で遊べますか。

退房後還可以使用飯店設施嗎？

・はい、領収書を施設入り口のスタッフにご提示頂けましたら、入場無料でご利用いただけます。　　可以的。您只要出示收據給設施入口的工作人員看，就可以免費使用。

（040）

会話 1 カードで支払う — 刷卡

チェックアウトをお願いします。（部屋の鍵を出す）

1010号室の田中様でございますね。少々お待ちくださいませ。

……………（資料を確認する）……………

お待たせいたしました。こちらは明細書でございます。合計で 13,200 元でございます。お確かめくださいませ。

はい。じゃ、カードでお願いします。

かしこまりました。カードをお預かりいたします。
（しばらくして）こちらにサインをお願いいたします。

はい。

ありがとうございました。ご滞在はいかがでしたか。

快適でしたよ。

ありがとうございます。またお目にかかれる日をお待ちいたしております。お気をつけてお帰りくださいませ。

～ をお願いします

(041)

例 チェックアウト
⇨ チェックアウトをお願いします。

| りょうしゅうしょ 領収書 | タクシー |
| に ほん たくはい 日本に宅配 | かいけい お会計 |

 ～ はいかがでしたか

(042)

例 ご滞在 ⇨ ご滞在はいかがでしたか。

| しょく じ お食事 | へ や お部屋 |
| りょう り お料理 | |

チェックアウトをお願い_{ねが}いします。（部屋の鍵を出す）

かしこまりました。少々_{しょうしょう}お待_まちくださいませ。（しばらくして）お待_またせいたしました。合計_{ごうけい}で 5,400 元_{げん}でございます。ご確認_{かくにん}くださいませ。

これはサービス料込_{りょうご}みですか。

はい。サービス料_{りょう} 10％に電話代_{でんわだい}も入_{はい}っております。

どうも。間違_{まちが}いないようです。

ありがとうございます。お支払_{しはら}いはいかがいたしましょうか。

カードでお願_{ねが}いします。（カードを渡す）

ありがとうございます。カード（を）お預_{あず}かりいたします。

……………………（手続き完成）………………

カードとお控_{ひか}えでございます。
このたびは、ABC ホテルにご宿泊_{しゅくはく}くださいまして、ありがとうございました。またのご利用_{りょう}お待_まちしております。

～ 込み

(044)

例 サービス料 ⇨ サービス料<ruby>込<rt>りょうこ</rt></ruby>みでございます。

<ruby>税<rt>ぜい</rt></ruby>

<ruby>送料<rt>そうりょう</rt></ruby>

<ruby>消費税<rt>しょうひぜい</rt></ruby>

<ruby>入館料<rt>にゅうかんりょう</rt></ruby>

カード OK！

豆知識──現金での精算

目前信用卡支付普遍，以及網路訂房發達，飯店遇到房客以現金支付住宿費的機率已經很低了。但是如果遇到現金結帳可以用下列會話應對：

<ruby>現金<rt>げんきん</rt></ruby>で<ruby>お願<rt>ねが</rt></ruby>いします。（お金を渡す）

ありがとうございます。
6,000元（を）<ruby>お預<rt>あず</rt></ruby>かりいたします。…（收您六千元。）
6,00元、<ruby>お返<rt>かえ</rt></ruby>しいたします。（找您六百元。）

すみません、この請求、ちょっとおかしいみたいですが…。

ご一泊の宿泊代とサービス料 10％に、あと日本への国際電話代が入っておりますが。

国際電話はかけて（い）ませんよ。

恐れ入りますが、もう一度確認させていただきます。少々お待ちください。

·················（確認後）·················

まことに申し訳ございませんでした。当方❶のミスで違うお部屋の請求❷をいたしておりました。こちらがお会計でございます。お確かめくださいませ。

❶ 当方：我們；我方。同「こちら」。

❷ 請求：帳單。「請求書」的省略。

 〜 が入っております (046)

例1 電話代 $\Rightarrow$ 電話代が入っております
（でんわだい）（でんわだいが はい）

インターネットの料金
（りょうきん）

マッサージ代
（だい）

ミニバーの飲食代
（いんしょくだい）

クリーニング代
（だい）

ルームサービス代
（だい）

 豆知識

有些客人在飯店內消費，但是不想帶著現金在館內走動，可能會希望費用先掛在房帳上。

 （料金を）部屋付けでお願いします。（我要掛房帳。）
（りょうきん）（へやづ）（ねが）

かしこまりました。こちらにお部屋番号とお名前をご記入ください。（好的，請在這裡寫上您的房號及姓名。）
（へやばんごう）（なまえ）（きにゅう）

練習問題

1 次の単語を中国語か日本語で答えなさい。

1 クレジットカード	2 サービス料	3 アーリーチェックイン
( )	( )	( )
4 レイトチェックアウト	5 信用卡簽單	6 含税
( )	( )	( )
7 簽名	8 須付費	9 免費
( )	( )	( )

2 a,b の正しいほうを選びなさい。

1 （   ）送料（a. 含み　b. 込み）でございます。

2 （   ）（a. こんど　b. このたび）はご宿泊くださいましてありがとうございました。

3 （   ）ご滞在は（a. いかが　b. よろしい）でしたか。

4 （   ）また（a. 拝見する　b. お目にかかれる）日をお待ちしております。

5 （   ）お気をつけて（a. お過ごし　b. お帰り）ください。

3 正しい順番に並びかえなさい。

1 ご利用 / おります / またの / を / 申し上げて / お待ち

⇨ --

2 金額 / が / サービス料 / は / おります / 含まれて

⇨ --

3 か / お支払い / なさいます / は / どのように

⇨ --

4 なられました / お休み / よく / に / か

⇨ --

4 カード支払いの文を作りなさい。

1 我要刷卡。

⇨ --

2 收您信用卡。

⇨ --

3 請您在這裡簽名。

⇨ --

4 這是您的卡片及信用卡簽單。

⇨ --

5 シチュエーションによって相応しい文を作りなさい。

1 問候是否住得愉快。

⇨ --

⇨ --

2 完成退房後，送客。

⇨ --

⇨ --

3 說明金額。

⇨ --

⇨ --

チェックアウト後の荷物預かり 退房後行李寄放

(047)

会話 1 お荷物の預かり　　寄行李

チェックアウトをすませたんですが、空港へ行く時間まで荷物を預かってもらえますか。

はい。そちらのクロークへお預けくださいませ。

わかりました。

…………… （クロークへ） ……………

荷物を預かってもらえますか。

はい。お荷物は何個でしょうか。

2個です。

はい、かしこまりました。（3分後、札を渡す）この番号札をお持ちください。お引き取りの際にスタッフにお渡しください。

はい、わかりました。いつまで預けることができますか。

本日中なら大丈夫です。

～ てもらえますか

(048)

例 預かる ⇨ 預かってもらえますか。

渡す

説明する

部屋を替える

パスポート番号を教える

タオルを交換する

～ まで荷物を預かる

(049)

例 空港へ行く時間
⇨ 空港へ行く時間まで荷物を預かってもらえますか。

チェックイン

午後2時

明日

85

荷物を送っていただきたいんですが、どうすればいいですか。

宅配便にてお荷物をお送りできます。1階のクロークカウンターにお申し付けください。

……………（1階クロークカウンターに）……………

これらの荷物を本日着でお願いしたいんですが。

申し訳ございません。当日配送は、当日午前11時までの受付になります。11時以降のものは、翌日着となります。

そうですか。じゃ、けっこうです。

お役に立てなくて、申し訳ございません。

～ て、申し訳ございません

（051）

例 お役やくに立たてない
⇨ お役やくに立たてなくて、申し訳ございません。

| ご迷惑めいわくをお掛かけする |

| お待またせする |

| ご不便ふべんをお掛かけする |

| ご心配しんぱいをお掛かけする |

| お騒さわがせする |

練習問題

1 例のように文を作りなさい。

例 預かる ⇨ 預かってもらえますか
----

1 渡す ⇨ _____

2 部屋を替える ⇨ _____

3 タオルを交換する ⇨ _____

4 使い方を説明する ⇨ _____

2 a,b の正しいほうを選びなさい。

1 （　）宅配便（a. にて　b. から）お荷物をお送りできます。

2 （　）（a. 今日　b. 本日）配送は午前 11 時までの受け付けになります。

3 （　）11 時以降のものは翌日（a. 着　b. 用）となります。

3 正しい順番に並びかえなさい。

1 まで / 荷物 / チェックイン / もらえませんか / を / 預かって

⇨ _____。

2 くださいませ / クローク / そちら / へ / お預け / の

⇨ _____。

3 この / ください / を / 番号札 / お持ち

⇨ _____。

4 お渡し / スタッフに / 際に / の / お引取り / ください

⇨ _____。

4 謝罪の文をつくりなさい。

1 お役に立てなかった場合 ⇨ _____

2 ご迷惑をお掛けした場合 ⇨ _____

3 お待たせした場合 ⇨ _____

PART

6 設備の説明
設備説明

本館／新館／別館
ほんかん／しんかん／べっかん
本館／新館／別館

フィットネスクラブ
トレーニングジム
健身中心

サロン 美容沙龍
マッサージ 按摩

プール 游泳池
ゲームコーナー
遊戲區

バー 酒吧
ラウンジ 交誼廳

ビリヤード 撞球
カラオケ 卡拉OK

託児サービス
たくじ
托育服務

キッズルーム
兒童間

コインランドリー
投幣式洗衣機
自動販売機
じどうはんばいき
自動販賣機

売店／ショップ 商店
ばいてん
食事処 餐廳
しょくじどころ

位置

・売店／ロビーは○○階にございます。

　商店／大廳在○○樓。

・エレベーター／お手洗い／受付は右側にございます。

　電梯／洗手間／櫃檯在右邊。

・この近くにコンビニ／スーパーがございます。

　這附近有超商／超市。

館內設施

・コンシェルジュデスクでツアーの予約ができます。

　在禮賓櫃檯可以預約旅行行程。

・プール／レストランは午前○○時から午後○○時まででございます。　游泳池／餐廳是從 AM ○○點～ PM ○○點。

・ルームサービスは 24 時間／有料でご利用いただけます。　客房服務是 24 小時／需要付費。

・モーニングコールは電話で自動設定してください。

　請利用電話設定晨喚時間。

・ロッカーの使用には 10 元かかります。

　使用寄物櫃（一次）10 元。

電梯／ 安全 設施	・右／左のエレベーターは 12 階以上専用／各階どまりでございます。　右邊／左邊電梯是 12 樓以上專用／每樓停。 ・非常口のドアは一度外へ出ると、自動的に閉まるようになっております。　一旦走到逃生門，門就會自動關上。
上網／ Wi-Fi	・館内では無料で Wi-Fi ／ビジネスセンターがご利用できます。　飯店内可以免費使用 Wi-Fi ／商務中心。 ・ロビーにインターネット用パソコンをご用意しております。　大廳備有可上網的電腦。 ・このパスワードをご入力ください。　請輸入這個密碼。
客人	・無料で使えますか。　可以免費使用嗎？ はい、ご自由にお使いください。時間はフリーです。　可以。請隨意使用，時間不限。

Unit 9 ホテル施設
飯店設施

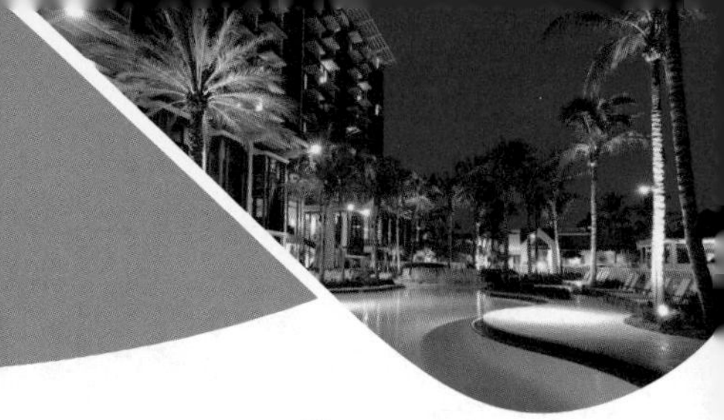

054

会話1 SPA、ジム、プールなどが使用できるか

可以使用SPA、健身房、游泳池嗎？

ホテルの中(なか)にジムはありますか。

はい、ジム、プール、スパがございます。ご宿泊(しゅくはく)のお客様(きゃくさま)でしたら、すべて無料(むりょう)でご利用(りよう)いただけます。

時間(じかん)はどうなっていますか。

3つの施設(しせつ)とも、すべて朝(あさ)6時(じ)から夜(よる)11時(じ)まで開(あ)いております。あと、マッサージサービスもございます。

これも無料(むりょう)で利用(りよう)できるのですか。

こちらは料金(りょうきん)を頂戴(ちょうだい)させていただきます。ご利用(りよう)の場合(ばあい)は事前(じぜん)にご予約(よやく)が必要(ひつよう)になります。フロントまでお電話(でんわ)をいただければご予約(よやく)を承(うけたまわ)ります。

わかりました。どうも、ありがとう。

～ はどうなっていますか (055)

例 時間（じかん） ⇨ 時間（じかん）はどうなっていますか。

朝食（ちょうしょく）	支払（しはら）い方法（ほうほう）
インターネットの環境（かんきょう）	ホテルの送迎（そうげい）について
子（こ）ども料金（りょうきん）	子（こ）どもの食事（しょくじ）の内容（ないよう）

～ をいただければ ～ (056)

例 お電話（でんわ）（ご予約（よやく）を承（うけたまわ）ります）
　⇨ お電話（でんわ）をいただければご予約（よやく）を承（うけたまわ）ります。

お問合（といあわ）せ（ご予約（よやく）を承（うけたまわ）ります）

ご返事（へんじ）（幸（さいわ）いです）

ご連絡（れんらく）（幸（さいわ）いです）

館内の説明をさせていただきます。最上階に中華レストランなどがございます。バーやラウンジは 15 階でございます。

売店はありますか。

はい。ロビーの横に売店がございます。営業時間は朝 9 時から 20 時までになります。

ジムを利用したいのですが。

無料でご利用いただけます。朝 7 時から無料のヨガレッスンもございますよ。

マッサージも受けたいのですが。

はい、マッサージは予約制でございます。ご利用の際はこちらフロントまでご連絡ください。

～ でご利用いただけます (058)

例 無料（むりょう） ⇨ **無料**（むりょう）でご利用（りよう）いただけます。

30分（ぷん）800元（げん）	貸切（かしきり）❶
特別料金（とくべつりょうきん）	個室（こしつ）

お得な価格（とくかかく）

～ の際は ～ (059)

例 ご利用（りょう）
⇨ ご利用（りょう）の際（さい）はこちらフロントまでご連絡（れんらく）ください。

ご宿泊（しゅくはく）	ご入用（いりょう）❷
ご来館（らいかん）	チェックアウト

❶ 貸切（かしきり）（包下來）；特別料金（とくべつりょうきん）（特價）；個室（こしつ）（包廂）；お得な価格（とくかかく）（優惠價格）

❷ 入用（いりょう）（需要）

060

ホテル内でインターネットは使えますか。

はい、1階ロビーにあるビジネスセンターに5台のパソコンが置いてあります。どうぞご利用くださいませ。

ノートパソコンを持っているんですが、部屋でも使えますか。

パソコンをお持ちでしたら、お部屋の電話線の横にあるプラグにケーブルを繋いでいただければ、ご利用いただけます。

料金はいくらですか。

無料でございます。

わかりました。ありがとう。

PART
2
6
設備説明

Unit
9
飯店設施

99

～ に ～ が置いてあります 〔061〕

例 ビジネスセンター・5台のパソコン
⇨ ビジネスセンターに5台のパソコンが置いてあります。

各部屋・観光パンフレット

ベッドの上・浴衣

部屋のデスク・観光マップ

～ ていただければ ～ 〔062〕

例 ケーブルを繋ぐ
⇨ ケーブルを繋いでいただければ、ご利用になれます。

登録する

あらかじめ問い合わせる

ルームキーを見せる

❶ パンフレット（手冊）；マップ（地圖）；ケーブル（連接線）；あらかじめ問い合わせる（事先詢問）

練習問題

1 次の単語を日本語で答えなさい。

1 游泳池	2 酒吧	3 投幣式洗衣機
( )	( )	( )
4 按摩	5 託育服務	6 兒童間
( )	( )	( )

2 漢字の読み方を書きなさい。

1 本館	2 新館	3 別館
( )	( )	( )
4 自動販売機	5 売店	6 食事処
( )	( )	( )

3 例のように文を作りなさい。

例 お電話 / ご予約を承ります

⇨ お電話をいただければご予約を承ります

1 お問い合わせ / ご予約を承ります ⇨

2 ご返事 / 幸いです ⇨

3 ご連絡 / 幸いです ⇨

例 登録する / ご利用になれます

⇨ 登録していただければご利用になれます

4 ケーブルを繋ぐ / ご利用になれます

⇨

5 ルームキーを見せる / ご利用になれます

⇨

101

6 あらかじめ問い合わせる / ご利用になれます

⇨ ---

4 a,b の正しいほうを選びなさい。

1 （　）インターネットの環境は（a. どうして b. どうなって）いますか。

2 （　）こちらは料金を（a. 頂戴 b. 収集）させていただきます。

3 （　）部屋に観光マップが置いて（a. あります b. おきます）。

4 （　）館内の説明を（a. されて b. させて）いただきます。

5 正しい順番に並びかえなさい。

1 に / が / この近く / ございます / コンビニ

⇨ ---

2 24時間 / は / ルームサービス / いただけます / で / ご利用

⇨ ---

3 ロッカー /10元 / には / かかります / の / 使用

⇨ ---

6 （　）に最も合う単語を□から選びなさい。

> 際　　無料　　利用　　ご連絡　　営業時間　　予約

G：売店はありますか。

S：はい、（ 1 　　　　　）は朝9時から夜8時までになります。

G：ジムを（ 2 　　　　　）したいのですが。

S：はい、（ 3 　　　　　）でご利用いただけます。

G：マッサージも受けたいのですが。

S：マッサージは（ 4 　　　　　）制でございます。ご利用の（ 5 　　　　　）はフロントまで（ 6 　　　　　）ください。

(063)

会話1　電話のかけ方 & Wi-Fiや 電気製品などの使い方

打電話方式 & Wi-Fi及 電器用品的使用方式

> 部屋から電話をかけたいんですが。

> はい。はじめに０を押してから相手先の番号を押してください。国際電話の場合は、国番号❶から押してください。

> 部屋で Wi-Fi は使えますか。

> Wi-Fi は全館でご利用いただけます。パスワードはこちらのホテル案内に書いております。

> 台湾対応のプラグと変圧器を貸してください。

> はい、後ほど持参いたします。電圧は 110 ボルトですので、ご確認くださいませ。

❶ 台灣撥號到日本：002-81+ 電話號碼；**日本撥號到台灣**：001-010-886+ 電話號碼。

除了一般常備用品之外，有些物品只要跟飯店提出要求，也可以借到，例如：

加湿器
かしつき
加濕器

シューシャイン
擦鞋工具

携帯電話充電器
けいたいでん わ じゅうでん き
手機充電器

延長線
えんちょうせん
延長線

栓抜き
せん ぬ
開罐器

体温計
たいおんけい
體溫計

ベッドガード
床欄

空気清浄機
くう き せいじょう き
空氣清淨機

氷枕
こおりまくら
冰枕

子供用補助便座
こ どもよう ほ じょべんざ
兒童輔助馬桶座

消臭スプレー
しょうしゅう
除臭噴霧

ベビーチェア
嬰兒椅

会話2 冷蔵庫、セーフティーボックス

冰箱、保険箱

(064)

ミニバーはテレビの下（した）の棚（だな）の扉（とびら）を開（ひら）くとございます。
中（なか）にはアルコール類（るい）やミネラルウォーターなどをご用（よう）意（い）しております。
こちらが料金表（りょうきんひょう）でございます。
ご利用（りよう）の場合（ばあい）はチェックアウト時（じ）に宿泊代（しゅくはくだい）と一緒（いっしょ）にご請（せい）求（きゅう）させていただきます。

冷凍室（れいとうしつ）はついてますか。

申（もう）し訳（わけ）ございません。冷蔵室（れいぞうしつ）だけでございます。

セーフティーボックスはどこにありますか。

クローゼットの中（なか）にございます。
貴重品（きちょうひん）の保管（ほかん）にご利用（りょう）できます。
ダイヤル式（しき）なので、貴重品（きちょうひん）を入（い）れて、4桁（けた）の暗証番号（あんしょうばんごう）を入（い）れますとセット完了（かんりょう）でございます。

～ の場合は ～ (065)

例 ご利用（宿泊代と一緒にご請求させていただきます）
りょう　しゅくはくだい　いっしょ　　　　せいきゅう

⇨ ご利用の場合は宿泊代と一緒にご請求させていただきます
りょう　ばあい　しゅくはくだい　いっしょ　　せいきゅう

> 車でお越し ❶（お知らせください）
> くるま　こ　　　　し

> 同じフロアご希望（ご到着前にお知らせください）
> おな　　　きぼう　とうちゃくまえ　し

> 保護者と添い寝する（ご宿泊料金は無料です）
> ほごしゃ　そ　ね　　しゅくはくりょうきん　むりょう

～ をご用意しております (066)

例 ミネラルウォーター

⇨ ミネラルウォーターをご用意しております。
ようい

> 日本語のメニュー
> にほんご

> 観光パンフレット
> かんこう

> レンタルパソコン

> ベビーカー

❶ 車でお越し（開車前來）；同じフロア（同一樓層）；添い寝する（同寢）；
くるま　こ　　　　おな　　　　そ　ね
レンタルパソコン（租貸電腦）；ベビーカー（嬰兒車）

バスルームにアメニティーをご用意いたしております。

タオルはバスルームに置いてございます[1]が、

足りなければフロントまでお申し付けくださいませ。

クローゼットの中にバスローブもご用意しておりますの

で、ご利用くださいませ。

アイロンとアイロン台を借りたいんですが。

はい、フロントまでお申し付けいただければ、

ご利用いただけます。

PART
2
6

設備説明

Unit
10

（客房）室内

---

[1]　是「置いてあります」的敬語；但是近年來直接使用「置いてあります」的比例增加。

～ までお申し付けくださいませ

例 フロント

⇒ フロントまでお申し付けくださいませ。

ホテルスタッフ

ベルデスク

豆知識——アメニティー

一般常備的「アメニティー」（衛浴用品）有：

- スリッパ　拖鞋
- タオル　浴巾
- ドライヤー　吹風機
- 石鹸／ソープ　肥皂；香皂
- ボディーローション　身體乳液
- ボディーシャンプー　沐浴乳
- シャンプー　洗髪精
- リンス／コンディショナー　潤髪乳
- バスローブ　浴袍
- シャワーキャップ　浴帽
- トイレペーパー　廁所衛生紙
- 綿棒　綿花棒
- くし　梳子
- 歯磨き　牙膏
- 歯ブラシ　牙刷
- かみそり　刮鬍刀
- ソーイングキット　針線包

練習問題

1 例のように文を作りなさい。

例 ご利用／宿泊代と一緒にご請求させていただきます

⇨ ご利用の場合は、宿泊代と一緒にご請求させていただきます

1 車でお越し／お知らせください

⇨

2 同じフロアご希望／ご到着前にお知らせください

⇨

3 国際電話／はじめに国番号を押してください

⇨

2 a,b の正しいほうを選びなさい。

1 （　）はじめに0を押して（a. 後　b. から）相手先の番号を押してください。

2 （　）部屋（a. に　b. で）Wi-Fi は使えますか。

3 （　）フロントで変圧器をお（a. 貸し　b. 借り）しております。

4 （　）（a. 後ほど　b. ちょっと）持参いたしますので、少々お待ちください。

3 正しい順番に並びかえなさい。

1 は / ご利用 / Wi-Fi/ で / 全館 / いただけます

⇨

2 おります / 書いて / パスワード / は / に / 案内 / ホテル

⇨

3 が / 事前に / 必要に / ご予約 / なります。

⇨

4 まで / くださいませ / フロント / お申し付け／足りなければ

⇨

4 次の単語を中国語で答えなさい。

1 シャンプー	2 リンス / コンディショナー	3 ボディーシャンプー
( )	( )	( )
4 アメニティー	5 ミネラルウォーター	6 セーフティーボックス
( )	( )	( )
7 バスローブ	8 ミニバー	9 チャイルドチェア
( )	( )	( )

5 左の文に最も適当な文を右から選んで線を引きなさい。

1 ミニバーの中には　　　　　　　　・　　　　a. 冷凍室はございません

2 貴重品を入れて　　　　　　　　　・　　　　b. クローゼットの中にございます

3 セーフティーボックスは　　　　　・　　　　c. 飲み物をご用意しております

4 申し訳ございません　　　　　　　・　　　　d. 暗証番号を入れてください

6 次の文を中国語に翻訳してみてください。

1 貴重品を入れて、4桁の暗証番号を入れますとセット完了でございます。

⇨ --

2 ミニバーはテレビの下の棚の扉を開くとございます。中にはアルコール類 やミネラルウォーターなどをご用意しております。

⇨ --

3 G：台湾対応のプラグと変圧器を貸してください。

　 S：はい、後ほど持参いたします。電圧は110ボルトですので、ご確認ください
　　　ませ。

⇨ --

PART

7 ハウスキーピング＆ランドリーサービス
房務＆衣物送洗

| 取り替える（とかえる）　更換
片付ける（かたづける）　整理 | 点検する（てんけんする）　檢査
備品のチェック（びひん）
備品確認 | 布団（ふとん）　棉被
マットレス　床塾 |

| 枕カバー（まくら）　枕頭套
シーツ　床單 | 水洗いする（みずあらいする）　水洗
ドライクリーニングする　乾洗 | クリーニングを受け取る（うとる）　送洗衣物
引き受ける（ひきうける）　承攬；負責 |

| しみ抜き（しみぬき）　去除髒污
ボタンを付ける（つける）
縫扣子
プレスする　熨平 | コート　大衣
スーツ　西裝；套裝
ジャケット　外套 | スカート　裙子
ワンピース　連身裙
ブラウス　罩衫 |

キーセンテンス

房務

- ハウスキーピングでございます。　（您好，）這裡是房務。

- お部屋の掃除をご希望のときはこの札をドアノブにかけておいてください。

  可以打掃的時候，請您在門把上掛上這個牌子。

- 2泊以上ご宿泊のお客様を対象に「ノークリーニングサービス」を実施しております。

  我們針對續住2晚以上的房客，實施「不打掃（環保）服務」。

客人（打掃）

- 30分後に来てくれませんか。　請你30分鐘過來，可以嗎？

- 今日は掃除してくれなくて結構です。

  今天可以不要打掃。

- 部屋の掃除をしてもらえませんか？　可以幫我打掃嗎？

衣物清洗

- ランドリー係でございます。

  （您好，這裡是）衣物清洗服務。

- 衛生上の理由でお預かりできません。

  因為衛生上的因素，我們不接受（這項衣物的送洗）。

- お預かりした物は、シャツ2枚、ズボン1本でございますが、よろしいでしょうか。

  您送洗的是2件襯衫、1條褲子，對嗎？

- お部屋までお届けいたします。　為您送到房間。

- 仕上がりは翌日でございます。　隔天可以完成。

客人

- シャツのボタンが取れてしまったんですが、付けてもらうことはできますか。　我的釦子掉了，可以幫我縫嗎？

ハウスキーピング

11 房務

(071)

会話 1　客室清掃（いつするか）　── 客房清掃（什麼時候可以做？）

申し訳ございません、お部屋のお掃除をさせていただきたいのですが…。

えっと、あと 30 分ほど待っていただけますか。。

かしこまりました。後ほど参ります。

あっ！すみませんが、先ほどトイレットペーパーがなくなってしまったんです。先に補充していただけますか。

はい、ただいまお持ちいたします。少々お待ちください。

お願いします。

～ させていただきたい

例1 掃除する
そうじ
⇨ 掃除させていただきたいのですが。
そうじ

調べる
しら

終わる
お

確認する
かくにん

遠慮する
えんりょ

質問をする
しつもん

清掃係でございます。お部屋をお掃除してもよろしいでしょうか。

掃除は結構ですが、シャンプーがなくなってしまったんです。

それでは新しいものを補充いたします。タオルも新しいものとお取り替えいたしましょうか。

お願いします。

…………………（物を届けに来る）…………………

お待たせしました。こちらになります。他にご用はございませんか。

いいえ、けっこうです。

～ても（でも）よろしいでしょうか 074

例 お部屋（へや）を掃除（そうじ）する
⇨ お部屋（へや）を掃除（そうじ）してもよろしいでしょうか。

カーテンを開（あ）ける

お部屋（へや）に入（はい）る

毛布（もうふ）を交換（こうかん）する

こちらに置（お）く

～とお取り替えします 075

例 新（あたら）しいもの
⇨ 新（あたら）しいものとお取（と）り替（か）えいたします。

別（べつ）のもの

ほかの電気（でんき）ポット

ほかのドライヤー

1 次の単語を日本語で答えなさい。

1 更換	2 整理	3 檢査
( )	( )	( )
4 棉被	5 床墊	6 枕頭套
( )	( )	( )
7 床單	8 水洗	9 乾洗
( )	( )	( )
10 承攬 / 負責	11 西裝	12 連身裙
( )	( )	( )

2 例のように文を作りなさい。

例 掃除する ⇨ 掃除させていただきたいのですが

1 調べる ⇨ _____

2 確認する ⇨ _____

3 遠慮する ⇨ _____

例 入る ⇨ 入ってもよろしいでしょうか

4 カーテンを開ける ⇨ _____

5 毛布を交換する ⇨ _____

6 取り替える ⇨ _____

3 a,b の正しいほうを選びなさい。

1 (   ) あと30分（a. ほど　b. まで）待っていただけますか。

2 (   ) 新しい（a. こと　b. もの）とお取り替えいたします。

3 (   ) 今日は掃除してくれなくて（a. 結構　b. 無理）です。

4 （　　　）この札をドアノブに（a. かけて　b. かかって）おいてください。

5 （　　　　）ただいま（a. お持ち　b. お持って）いたします。少々お待ちください。

4　正しい順番に並びかえなさい。

1 いただけますか / を / 補充して / トイレットペーパー

⇨
----

2 ご用 / ございません / は / 他に / か

⇨
----

3 掃除 / の / して / を / 部屋 / もらえませんか

⇨

5　次の文を翻訳しなさい。

1 請你 30 分鐘後再來，可以嗎？

⇨
----

2 會送到您房間的。

⇨
----

3 送洗的衣服會在隔天洗好。

⇨

(076)

会話 1　洗濯物のお預かり　　接受客人送洗衣物

 客室係（きゃくしつがかり）でございます。

 クリーニングをお願（ねが）いします。

 かしこまりました。お部屋（へや）のランドリー袋（ぶくろ）に入（い）れて、ランドリー用紙（ようし）にご記入（きにゅう）いただけますか。

 ランドリー袋（ぶくろ）はどこにありますか。

 クローゼットの中（なか）にございます。

 シャツの胸元（むなもと）の所（ところ）にしみがついたので、しみ抜（ぬ）きをしてもらえますか。

 しみ抜（ぬ）きでございますね、かしこまりました。

 出来上（できあ）がりはいつですか。

 朝（あさ）11時（じ）までにお出（だ）しいただければ、当日（とうじつ）の夕方（ゆうがた）に出来上（できあ）がります。
朝（あさ）11時（じ）過（す）ぎてしまうと、次（つぎ）の日（ひ）の夕方（ゆうがた）の仕上（しあ）がりになります。

～ てもらえますか 077

例 しみ抜きをする　⇨　**しみ抜き**をしてもらえますか。

ボタンを付ける

アイロンをかける

請求書を見せる

ファクスを送る

～ に ～ （出来上がります） 078

例 当日の夕方（出来上がる）
⇨　**当日の夕方**に出来上がります。

明日の朝（お届けいたす）

明日の夕方（仕上がる）

午後6時までに（お返事いたす）

このコートのクリーニングをお願い_{ねが}したいんですが。

 こちらの素材_{そざい}は革_{かわ}でございますね。

 はい。

 まことに申_{もう}し訳_{わけ}ございません。
革製品_{かわせいひん}のクリーニングはお引_ひき受_うけできかねます。

 そうですか。

 近_{ちか}くに革製品専門_{かわせいひんせんもん}のクリーニング店_{てん}がございますので、
よろしければそちらにお持_もちになってはいかがでしょう
か。

 近_{ちか}くにあるんですね。場所_{ばしょ}を教_{おし}えてください。

〜 かねます ①

例1　できる　⇨　できかねます。

いたす

わかる

応（おう）じる

お受（う）けできる

例2　下着類（したぎるい）のクリーニング
⇨　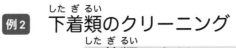下着類（したぎるい）のクリーニングはお引（ひ）き受（う）けできかねます。

ご依頼（いらい）

延泊（えんぱく）の申（もう）し込（こ）み

① 「R−かねる」表示「難以〜；無法〜」。

1 正しい順番に並びかえなさい。

① クリーニング / の / この / お願いしたい / コート / んですが / を

⇨ --

② ね / 革 / で / 素材 / は / ございます / こちら / の

⇨ --

③ の / 当日 / 出来上がります / 夕方に

⇨ --

④ か / もらえません / を / しみ抜き / して

⇨ --

2 「〜かねます」を使って断る文を書きなさい。

① 下着類のクリーニングはお引き受けできない場合

⇨ --

② 深夜の受付は応じない場合

⇨ --

③ 当日の予約状況はわからない場合

⇨ --

3 日本語で以下のサービスを説明してください。

① 如何送洗衣物。

⇨ --

② 送洗完成時間。

⇨ --

PART

8

食事
用餐

ビュッフェスタイル
歐式自助餐

セルフサービス
自助式

セット 套餐

メニュー 菜單

フォーク 叉子

取り皿
（分盛料理的）小碟子

**プレースマット／
ランチョンマット**
餐墊

トレー 餐盤

**量は少なめ／
多め**

量略少／量略多

〜を控えめに
減〜

〜抜き 不放〜

煮込む 炖
焼く 烤、煎

蒸す 蒸
茹でる 燙煮

揚げる 炸
炒める 炒

點餐

・ご注文はお決まりでしょうか。　現在可以點餐了嗎？

・前菜／メインディッシュはこの中からお選びください。　前菜／主菜請從這裡面選。

・お飲み物／デザートは何になさいますか。

飲料／甜點您要點什麼？

・こちらが本日のおすすめでございます。　這是今日推薦。

・ただ今の時間でしたら、こちらのメニューからお選びくださいませ。　如果是現在這個時間的話，請從這邊的菜單選。

・ご注文は以上でよろしいでしょうか。

這些是您點的。（您還需要什麼嗎？）

・追加のご注文はございますか。　請問您要加點嗎？

・こちらは別料金になります。　這是另外付費。

用餐中

・取り皿／フォーク／お箸をお持ちいたしましょうか。

您需要小碟子／叉子／筷子嗎？

・こちらのソースをつけてお召し上がりください。

請您沾這個醬吃。

・ただいま厨房が混んでおりまして、少々お時間をいただいてもよろしいでしょうか。

現在廚房很忙，可以請您再稍等一下嗎？

・ご注文はすべておそろいでしょうか。　餐點都到齊了嗎？

・お皿をお下げしてもよろしいでしょうか。

盤子可以收嗎？

客人

・30分前にルームサービスを頼んだんだけど、まだなんですが。　我30鐘前就叫了客房服務，但還沒來。

131

会話 1　朝食サービス　　　早餐服務

（食堂にて）

　おはようございます。（朝食券を渡す）

　おはようございます。お二人様<small>ふたりさま</small>でございますか。

　はい。

　お席<small>せき</small>へご案内<small>あんない</small>いたします。こちらへどうぞ。

················· （席まで案内する） ·················

　お食事<small>しょくじ</small>はビュッフェスタイルでございます。どうぞご自<small>じ</small>由<small>ゆう</small>にお取<small>と</small>りください。

　はい、どうも、ありがとう。

　朝食<small>ちょうしょく</small>は 10 時<small>じ</small>まででございます。
どうぞごゆっくりお召<small>め</small>し上<small>あ</small>がりください。

どうぞ、〜お（ご）〜ください

（084）

例　ご自由（じゆう）に取（と）る　⇨　どうぞご自由（じゆう）にお取（と）りください。

好（す）きなものを選（えら）ぶ

ゆっくり召（め）し上（あ）がる

ご自由（じゆう）に座（すわ）る

ゆっくり楽（たの）しむ

ご注文はいかがいたしましょうか。

 Ａ セットをひとつお願いします。

 卵料理が付きますが、いかがいたしましょうか。

 何がありますか。

 目玉焼き、オムレツ、スクランブルエッグ、ゆで卵①

でございます。

 じゃ、目玉焼きをお願いします。両面を焼いてください。

 かしこまりました。

---

① 目玉焼き（荷包蛋）；オムレツ（蛋捲）；スクランブルエッグ（西式炒蛋『蛋加牛奶，然後用奶油炒』）；ゆで卵（水煮蛋）

～ は　いかがいたしましょうか [1]

例　ご注文　⇨　ご注文はいかがいたしましょうか。

| お飲み物 | トーストの焼き加減 | たまご |

| 魚 | ステーキの焼き加減 |

～ をお願いします

例　Ａセット　⇨　Ａセットをひとつお願いします。

洋食セット（ひとつ）

和食セット（ひとつ）

ミックスジュース（1杯）

コーヒー（1杯）

PART
8
用餐

Unit
13
早餐

[1] 問對方「希望自己怎麼處理」。「いかが」是「どう」的禮貌形用法；「いたす」則是「する」的謙讓語；「～ましょう」可以表達出加強主動幫忙的心態。

練習問題

1 次の単語を日本語で答えなさい。

1 欧式自助餐	2 自助式	3 套餐
( )	( )	( )
4 菜單	5 小碟子	6 餐盤
( )	( )	( )
7 不放～	8 烤，煎	9 燉
( )	( )	( )
10 燙煮	11 蒸	12 炸
( )	( )	( )

2 例のように文を作りなさい。

例 ご自由に取る　　　⇨　　どうぞご自由にお取りください

1 好きなものを選ぶ　⇨
_____

2 召し上がる　　　　⇨
_____

3 ゆっくり楽しむ　　⇨
_____

4 ご自由に座る　　　⇨
_____

3 助詞を記入しなさい。

1 お席（　　　　　　　）ご案内いたします。

2 朝食は10時（　　　　　　　）でございます。

3 こちらのメニューの中（　　　　　　　）お選びください。

4 こちら（　　　　　　　）別料金がかかります。

4 正しい順番に並びかえなさい。

1 は / この / 中 / お選び / から / ください / 前菜

⇨　---

2 以上 / ご注文 / で / よろしい / は / でしょうか

⇨　---

3 ございますか / ご注文 / 追加の / は

⇨　---

5 次の文を翻訳しなさい。

1 我要一份 A 餐。

⇨　---

2 有附蛋料理，您要選哪一個？

⇨　---

3 那我要荷包蛋。

⇨　---

4 現在可以點餐了嗎？

⇨　---

6 以下のような場面で、お客様に何と言うか考えなさい。

1 （早餐服務人員）上前開口問對方有幾位。

⇨　---

2 說明用餐時間。

⇨　---

3 說明用餐方式。

⇨　---

4 詢問對方要不要喝飲料。

⇨　---

PART
8
用餐

Unit
13
早餐

ルームサービス

客房送餐服務

(088)

会話 1　ルームサービスを頼まれる

客人要求客
房送餐服務

ルームサービスでございます。

2215室ですけど、食事をお願いしたいんですが。

はい、ご注文をどうぞ。

ショーロンポウ定食とジュースをお願いします。

かしこまりました。ジュースは何になさいますか。トマ
ト、グレープフルーツ、オレンジ、りんごの中からお選
びいただけます。

りんごジュースをお願いします。

かしこまりました。ご注文はショーロンポウ定食を
1つとりんごジュースでございますね。

はい、そうです。

20分ほどでお届けいたします。ありがとうございまし
た。

～ は何になさいますか (089)

| 例 | ジュース ⇨ ジュースは何_{なに}になさいますか。

お飲_のみ物_{もの}

デザート

コーヒー

ドレッシング

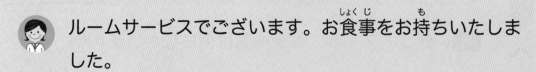

ルームサービスでございます。お食事(しょくじ)をお持(も)ちいたしました。

はい、どうぞ。

失礼(しつれい)いたします。こちらに置(お)いてもよろしいでしょうか。

はい、結構(けっこう)です。

恐(おそ)れ入(い)ります。こちらにサインをお願(ねが)いいたします。

・・・・・・・・・・（お客様がサインをする）・・・・・・・・・

ありがとうございます。お食事(しょくじ)がお済(す)みになりましたら、お手数(てすう)ですが、フロントへご連絡(れんらく)ください。

はい。

どうぞごゆっくりお召(め)し上(あ)がりください[1]。ありがとうございました。

（部屋を出る）失礼(しつれい)いたしました。

---

[1] 召(め)し上(あ)がる：用餐。「飲む」、「食べる」的尊敬語。

「召し上がります」是「飲む」、「食べる」更禮貌的用語。如果你是服務業的從業人員，要隨時注意使用有禮貌的表達方式。像是是「はい、そうです」就要改成「はい、さようでございます」。在接待客人的情境中，常見的禮貌的表達方式還有：

- ○○さん
  ⇨ 「○○さま」

- 客
  ⇨ 「お客様」

- すみません
  ⇨ 「申し訳ございません」／「恐れ入ります」

- ちょっと待ってください
  ⇨ 「少々お待ちくださいませ」

- はい、そうします
  ⇨ 「はい、そうさせていただきます」

- はい、わかりました
  ⇨ 「はい、かしこまりました」

- はい、今持って来ます
  ⇨ 「はい、ただいまお持ちいたします」

- そこにかけてお待ちください
  ⇨ 「そちらにおかけになりお待ちくださいませ」

練習問題

1 例のように文を作りなさい。

例 果汁 ⇨ ジュースは何になさいますか。

1 甜點 ⇨ ....
3 咖啡 ⇨ ....

2 沙拉醬 ⇨ ....
4 湯 ⇨ ....

2 正しい順番に並びかえなさい。

1 置いて / ここ / よろしい / に / でしょうか

⇨ ....

2 こちら / を / サイン / いたします / に / お願い

⇨ ....

3 なりましたら / お食事 / ご連絡 / ください / に / が / お済み

⇨ ....

4 ください / どうぞ / お召し上がり / ごゆっくり

⇨ ....

3 もっと丁寧の言い方を変えましょう。

例 客 ⇨ お客様

1 すみません ⇨ ....

2 ちょっと待ってください ⇨ ....

3 今持って来ます ⇨ ....

4 はい、そうします ⇨ ....

PART

9 交通・観光＆両替

交通・觀光 &
兌換外幣

電車・MRT
でんしゃ

電車／捷運

最寄の駅
もより　えき

最近的車站

送迎バス　接送巴士
そうげい

貸切ハイヤー
かしきり

包租轎車

空港バス　機場巴士
くうこう

第一・第二ターミナル
だいいち　だいに

第一／第二航廈

猫空ロープウェー
マオコン

貓空纜車

お茶する　喝茶
ちゃ

故宮博物院
こきゅうはくぶついん

故宮博物院

落ち着いた雰囲気
お　つ　　　ふんいき

氣氛寧靜

カフェ　咖啡廳

スターバックス

星巴克

カルフール
家樂福

パイナップルケーキ　鳳梨酥

からすみ　烏魚子

ドライフルーツ
果乾

両替する　匯兌
りょうがえ

レート　匯率

交通

・当ホテルは各方面へのアクセスが非常に便利です。

本飯店交通往來四通八達。

・どちらへいらっしゃいますか。　　您要出發前往哪裡？

・タクシーをお呼びしましょうか。　　幫您叫計程車好嗎？

・料金はお乗りの際／お降りの際にお支払いください。

費用在搭車時／下車時支付。

観光

・こちらの地図、よろしければお持ちください。

這是地圖，如果需要的話，這份給您。

・お土産を買えるようなところはありますか。

有可以買伴手禮的地方嗎？

この近くに、有名な市場がございます。

這附近有很著名的市場。

・この近くに足裏マッサージできるところはありますか。　　這附近有可以做足部按摩的地方嗎？

歩いて 5 分ほどのところに、評判のお店がございます。　　步行 5 分鐘的地方，有間評價不錯的店。

・ブランド物の買い物をしたいんですが、どこがいいですか。　　我想要買名牌商品，哪邊有呢？

それなら台北 101 や微風広場 ❶ がよろしいかと思います。日系デパートなら SOGO、三越などがございます。　　台北 101 或是微風廣場，如果是日系百貨的話，則有 SOGO、新光三越等等。

❶ 或可稱為「ブリーズ」。

(093)

会話 1　タクシーを手配する ── 幫忙叫計程車

フロントでございます。

1010号室の田中ですが、タクシーを一台お願いします。

はい、かしこまりました。参りましたらお知らせいたしますので、お部屋でお待ちください。

…………（しばらくして）…………

田中様、お車が参りました。ロビーへお越しくださいませ。係の者がお車までご案内いたします。

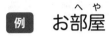 ～ でお待ちください

(094)

例 お部屋 ⇨ お部屋_{へや}でお待_まちください。

ロビー

ホテルの正面玄関_{しょうめんげんかん}

駐車場_{ちゅうしゃじょう}

廊下_{ろうか}の椅子_{いす}の所_{ところ}

 ～ へお越しくださいませ

(095)

例 ロビー ⇨ ロビーへお越_こしくださいませ。

1階_{かい}のカウンター

26階_{かい}のレストラン

フロント

ホテルの正面玄関_{しょうめんげんかん}

中正紀念堂まで行きたいんですが、バスだと、どう行けばいいですか。

中正紀念堂なら、バスより MRT のほうが便利で分かりやすいかと思います。
当ホテルからだと 10 分ぐらいです。

そうですか。最寄りの駅はどうやって行けばいいですか。

最寄の中山駅までは歩いて行けます。そこから赤線に乗って中正紀念堂駅でお降りくださいませ。

わかりました。どうもありがとう。

どう ～ ばいいですか

例1 行く ⇨ どう行けばいいですか。

書く	使う

する	設定する

例2 バスだと ⇨ バスだと、どう行けばいいですか。

ホテルからだと

そこへは

あのう、明日、空港バスで空港へ行こうと思いますが、どこで乗ればいいですか。

はい。ホテルの斜め前にバス停がございます。何時の飛行機にお乗りですか。

午前 10 時半の飛行機です。

それでしたら、7 時半のバスがよろしいかと思います。空港まで 1 時間近くかかりますが、状況により時間は多少変わりますので…。

そうですか。じゃ、それにしよう。

お ～ ですか[1]

(099)

例1 乗る（の） ⇨ お乗りですか。

持つ（お）（も）	待つ（お）（ま）

出張する（ご）（しゅっちょう）	戻る（お）（もど）

例2 何時の飛行機に乗る（なんじ）（ひこうき）（の）
⇨ 何時の飛行機にお乗りですか。（なんじ）（ひこうき）（の）

手荷物はいくつ持つ（てにもつ）（も）

送迎を待つ（そうげい）（ま）

台湾へ出張する（たいわん）（しゅっちょう）

何時ごろ戻る（なんじ）（もど）

PART **2** **9** 交通・觀光＆兌換外幣

Unit **15** 交通資訊

[1] 尊敬語。是同為尊敬語「お／ご～～になる」句型中的「になる」改成「だ（です）」的形式。敬意程度比較不高。

練習問題

1 次の単語を日本語で答えなさい。

1 捷運	2 最近的車站	3 接送巴士
（　　　　　）	（　　　　　）	（　　　　　）
4 包租轎車	5 機場巴士	6 第一航廈
（　　　　　）	（　　　　　）	（　　　　　）
7 匯兌	8 匯率	9 纜車
（　　　　　）	（　　　　　）	（　　　　　）

2 例のように文を作りなさい。

例	何時の飛行機に乗る	⇨	何時の飛行機にお乗りですか
1	送迎を待つ	⇨	
2	手荷物はいくつ持つ	⇨	
3	どちらへ出かける	⇨	
4	何時ごろ戻る	⇨	

3 a,b の正しいほうを選びなさい。

1 （　）バスより電車の（a. もっと b. ほう）が便利かと思います。

2 （　）どうぞ、お部屋でお待ち（a. ください b. いただきます）。

3 （　）カウンターへお（a. 参り b. 越し）くださいませ。

4 （　）状況（a. により b. におき）時間は多少変わります。

4 正しい順番に並びかえなさい。

1 バス / 7時半の / よろしい / か / 思います / と / が

⇨

2 からだ / 10分 / 当ホテル / と / ぐらい / です

⇨

3 そこ / どう / は / いいですか / 行けば / へ

⇨

----

4 斜め前に / ホテルの / ございます / が / 駅

⇨

----

5 次の文を翻訳しなさい。

1 您要出發前往哪裡？

⇨

----

2 您要叫計程車嗎？

⇨

----

3 費用請在下車時支付。

⇨

----

6 （　）に助詞を記入しなさい。

1 この近く（　　）市場があります。

2 中正紀念堂駅（　　）お降りくださいませ。

3 空港（　　）一時間近くかかります。

4 バスで空港へ行こう（　　）思います。

7 以下のような場合、お客様に何と言うか考えなさい。

1 客人叫的車來了，要跟客人說什麼？

⇨

----

2 要建議客人利用貓空纜車到貓空喝茶，該怎麼說？

⇨

----

3 向客人說明搭機場巴士的方法。

⇨

観光案内
介紹觀光景點

🎧 100

会話 1 夜市 ── 夜市

👩 夜市（よいち）へ行（い）きたいんですが、どこがおすすめですか。

👨 規模（きぼ）の大（おお）きい士林夜市（しりんよいち）はいかがでしょうか。交通（こうつう）の便（べん）もよろしいです。

👩 どう行（い）けばいいですか。

👨 MRT 淡水行（たんすいゆ）きに乗（の）って「剣潭（けんたん）」駅（えき）でお降（お）りください。駅（えき）を出（で）ると夜市（よいち）の建（た）て物（もの）がございます。

～ を出ると ～

 101

例 駅（夜市の建て物がございます）

⇨ 駅を出ると夜市の建て物がございます。

駅（高いビルが見えます）

駅（右側です）

駅（大きな公園がございます）

駅（すぐに屋外のフードコートがございます）

PART
9

交通・観光＆兌換外幣

Unit
16

介紹觀光景點

日帰りでちょっと遠出をしたいんですが、

どこかおすすめはありませんか。

「北投」や「烏来」には温泉がございます。

日本の温泉と違った雰囲気をお楽しみいただけると思い

ます。

他におすすめの所はありますか。

そうですね……。

映画で有名になった九份もおすすめです。

淡水もよろしいかと存じます。

MRT で気軽に行けます。

〜 がおすすめです

103

例1 映画で有名になった九份
⇒ 映画で有名になった九份がおすすめです。

MRTで気軽に行ける淡水

豆腐で有名な深坑

陶磁器で有名な鶯歌

鉄観音茶で有名な猫空

澎湖

桃園　陽明山

新竹

苗栗　宜蘭

台中

彰化　日月潭

南投　花蓮

雲林　阿里山

嘉義

台南

高雄　台東

屏東

PART

9

交通・觀光＆兌換外幣

Unit
16

介紹觀光景點

159

1 例のように文を作りなさい。

例 　駅 / 夜市の建物がございます　⇨　駅を出ると夜市の建物がございます

1 　駅 / 高いビルが見えます　⇨

2 　ホテル / 大きな公園がございます　⇨

3 　ホテル / 向かいに駅がございます　⇨

4 　駅 / すぐにフードコートがございます ⇨

2 例のように文を作りなさい。

例 　九份 / 映画で有名になった　⇨　映画で有名になった九份がおすすめです

1 　猫空 / 観音茶で有名な　⇨

2 　淡水 /MRT で気軽に行ける　⇨

3 　深坑 / 豆腐で有名な　⇨

4 　鶯歌 / 陶磁器で有名な　⇨

3 （ ）に単語を記入しなさい。

G：夜市へ行きたいんですが、どこがおすすめですか。

S：士林夜市は（ 1 　　　　　）か。交通の便も（ 2 　　　　　）です。

G：どう行きますか。

S：ＭＲＴ淡水行きに（ 3 　　　）て、「剣潭」駅で（ 4 　　　）てください。

　　駅を（ 5 　　　）と夜市の建物が（ 6 　　　　　　）。

両替
兑換外幣

104

会話 1　両替　　　　兑換外幣

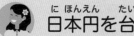

 日本円（にほんえん）を台湾（たいわん）ドルに両替（りょうがえ）してほしいんですが。

 かしこまりました。

 レートはどうなっていますか。

 本日（ほんじつ）のレートは日本円（にほんえん）1円（えん）に対（たい）し0.31台湾（たいわん）ドルでございます。

 分（わ）かりました。では、3万円分両替（まんえんぶんりょうがえ）してください。

 かしこまりました。3万円（まんえん）ですと9,300台湾（たいわん）ドルになりますが、よろしいですか。

 はい、お願（ねが）いします。

 それではこちらの用紙（ようし）にご記入（きにゅう）くださいませ。それから、パスポートを拝見（はいけん）させていただきます。

PART
2
9

交通・観光＆兑換外幣

〜 てほしいんですが 〔105〕

例 両替する ⇒ 両替してほしいんですが。

| 安くする | 変更する |

| 場所を教える | ちょっと荷物を見る |

〜 ですと、 〜 になります 〔106〕

例 3万円・9,280台湾ドル
⇒ 3万円ですと 9,280台湾ドルになります。

3万円・8,034元

3万円 ・10,500元

練習問題

1　例のように文を作りなさい。

例　両替する　　　　　⇨　両替してほしいんですが

1　安くする　　　　　⇨　_____

2　変更する　　　　　⇨　_____

3　場所を教える　　　⇨　_____

4　ちょっと荷物を見る ⇨　_____

例　3万円 / 9,280 台湾ドル

⇨　3万円ですと、9,280 台湾ドルになります。

5　3万円 / 8,034 台湾ドル

⇨　_____

6　2万円 / 5,467 台湾ドル

⇨　_____

2　（　）に単語を記入しなさい。

1　日本円を台湾ドルに（a.　　　　　）ほしいんですが。

2　本日は日本円1円に（b.　　　）0.31 台湾ドルで（c.　　　　　）。

3　こちらの用紙に（d.　　　）くださいませ。

3　次の文を翻訳しなさい。

1　麻煩您把護照借給我看一下。

⇨　_____

2　請問今天匯率是多少？

⇨　_____

3　請幫我換 3 萬日圓的台幣。

⇨　_____

PART

10

電話
電話

キーワード

つなぐ　連接、轉接
国内電話（こくないでんわ）　國內電話

国番号（くにばんごう）　國碼
国際電話（こくさいでんわ）　國際電話

携帯電話（けいたいでんわ）　手機
ワールドウィング
國際漫遊

伝言を伝える（でんごんをつたえる）
傳達留言
お客様宛の〜（きゃくさまあての〜）
給客人您的〜

メッセージ　留言
留守する（るす）　不在

充電器（じゅうでんき）　充電器
モバイルバッテリー／
携帯バッテリー（けいたい）
行動電源

電話が遠い（でんわがとおい）
電話不清楚
電波の調子が悪い（でんぱのちょうしがわるい）
收訊不清楚

よく聞こえない（よくきこえない）
聽不清楚
大きな声で（おおきなこえで）　大聲

個人情報保護（こじんじょうほうほご）　保護個資
プライバシーポリシー
個人資訊保護方針

聴不清楚

・申し訳ございません、お電話が遠いようです。

很抱歉，電話有點聽不太清楚。

・もう一度おっしゃっていただけますか。　請您再說一次。

留言

・外出中に○○様よりお電話がございました。

您外出的時候，有一位○○先生打電話給您。

・ご伝言をお預かりしておりますので、フロントまでお越しくださいませ。　有您的留言，請您到前檯（領取）。

無法接電話

・そのようなお名前の方は宿泊者の中に見当たりません。　在住宿名單中找不到之類的名字。

・外出中の／宿泊していない／お部屋にいらっしゃらないようです。　似乎是外出／沒有住宿／不在房間。

・申し訳ございません、お答えできません。

很抱歉，我們無法回答您。

・お電話があったことをお伝えいたしましょうか。

要我跟對方說，您有來電嗎？

いえ、結構です。また後で電話します。

不用了，我再打來。

167

Unit ⑱ 宿泊者への電話取り次ぎ[1]
転接電話給房客

（109）

会話 1 部屋にいる場合

（房客）在房間的情況

> はい、ABC ホテルでございます。

> そちらに宿泊（しゅくはく）している森田英世（もりたひでよ）さんの部屋（へや）に電話（でんわ）をつないでほしいんですが。

> 失礼（しつれい）ですが、お名前（なまえ）をうかがえますか。

> 青木（あおき）です。

> 青木様（あおきさま）でございますね。そのままでお待（ま）ちくださいませ。

.... （部屋に電話をする） ....

> もしもし森田様（もりたさま）でいらっしゃいますか。
> 青木様（あおきさま）という方（かた）からお電話（でんわ）が入（はい）っております。
> お繋（つな）ぎしてもよろしいでしょうか。

> はい、お願（ねが）いします。

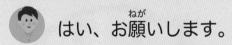

❶ 現在網路、手機使用發達，會接到要找住宿客的機率降低。但是仍有使用的可能性，可以學習如何轉接電話。以前還有「コレクトコール」（對方付費電話），目前使用的人應該幾乎沒有了吧！

～ をうかがえますか

例　お名前（なまえ）　⇨　**お名前（なまえ）**をうかがえますか。

ご意見（いけん）

ご感想（かんそう）

ご要望（ようぼう）

電話番号（でんわばんごう）

PART
2
10
電話

Unit
18
轉接電話給房客

豆知識

除了電話，可能還有房客的傳真。常用的會話如：

 わたし宛（あ）てにファックスは届（とど）いていませんか。

有我的傳真嗎？

 はい、フロントでお預（あず）かりしております。ただ今（いま）お部屋（へや）までお届（とど）けいたします。　有的，在前檯。我為您送到房間。

另外，工作人員也要習慣來電者常見的句子。如：

• 電話（でんわ）をくれるよう伝（つた）えてもらえますか。

可以請他回電給我嗎？

• （○○様（さま）に）伝言（でんごん）をお願（ねが）いしてよろしいでしょうか。

我可以留言（給○○先生）嗎？

169

そちらに泊まっている藤井健二さんをお願いします。

 失礼ですが、お名前をうかがえますか。

 青木です。

 かしこまりました。少々お待ちくださいませ。

················ （しばらくして） ················

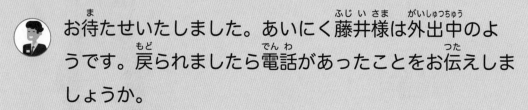 お待たせいたしました。あいにく藤井様は外出中のようです。戻られましたら電話があったことをお伝えしましょうか。

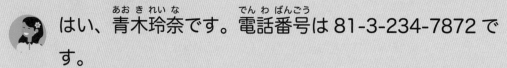 はい、青木玲奈です。電話番号は 81-3-234-7872 です。

 承知しました。確かにお伝えいたします。

～（ら）れます ●

例1 戻る（もど） ⇨ 戻られます（もど）。

読む（よ）	乗る（の）

例2 戻る（もど） ⇨ 戻られましたら（もど）、～。

読む（よ）	乗る（の）

🔍 豆知識—電話による依頼（荷物の引き取り）

説到電話日語，除了預約之外，館內住宿房客的內線服務，其實才是電話日語使用的大宗。如：

これからチェックアウトしたいんですが、荷物（にもつ）を取（と）りに来（き）てもらえますか。　我要退房，請來幫我取行李。

はい、かしこまりました。お部屋番号（へやばんごう）をお願（ねが）いいたします。
好的，請問房號是？

1931室（しつ）です。　1931號房。

1931室（しつ）の森田様（もりたさま）ですね。ただいまポーターをうかがわせますので、少々（しょうしょう）お待（ま）ちくださいませ。
1931號房的森田先生是嗎？現在工作人員就過去，請您稍候。

● 尊敬語用法。但是因為與被動式活用相同，容易造成誤會，所以專家建議可以用「お（ご）～になる」等等用法代替。

練習問題

1　次の単語の読み方を書きなさい。

1 国内電話	2 国際電話	3 国番号
(　　　　　　)	(　　　　　　　)	(　　　　　　　)
4 携帯電話	5 伝言	6 留守
(　　　　　　)	(　　　　　　　)	(　　　　　　　)
7 ～宛	8 個人情報保護	9 電波
(　　　　　　)	(　　　　　　　)	(　　　　　　　)

2　例のように文を作りなさい。

例 戻る　　⇨　　戻られます

1 読む　　⇨　　-----------------------------

2 帰る　　⇨　　-----------------------------

3 乗る　　⇨　　-----------------------------

4 確認する　⇨　-----------------------------

3　a,b の正しいほうを選びなさい。

1 （　）外出中に○○様よりお電話が（a. くださいました　b. ございました）。

2 （　）そのようなお名前の方は宿泊者の中に（a. 見当たりません　b. 見ません）。

3 （　）○○さんの部屋に電話を（a. 繋いで　b. 受けて）ほしいんですが。

4 （　）失礼ですがお名前を（a. 教え　b. うかがえ）ますか。

4　正しい順番に並びかえなさい。

1 お預かり / ご伝言 / して / を / おります

⇨　-----------------------------

2 宛 / ファックス / わたし / は / 届いて / に / いませんか

⇨　-----------------------------

3 よう / お部屋 / です / いらっしゃらない / に

⇨ ---

4 できません / 申し訳 / が / お答え / ございません

⇨ ---

5　次の文を翻訳しなさい。

1 有位青木先生打電話找您？您要接嗎？

⇨ ---

2 請問您尊姓大名？

⇨ ---

3 他回來後，是否需要我跟他說您有來電？

⇨ ---

4 我可以留言嗎？

⇨ ---

6　□から単語を選んで（　）に記入しなさい。

| そのまま　　ただ今　　　あいにく　　お繋ぎ　　もしもし |

1 （　　　　　　）お部屋までお届けいたします。

2 お電話を（　　　　　　）してもよろしいでしょうか。

3 （　　　　　　）でお待ちください。

4 （　　　　　　）○○様は外出中のようです。

5 （　　　　　　）○○様でございますか。

PART

II トラブル（苦情）
糾紛（客訴）

苦情　抱怨

トラブル　糾紛

タバコのにおいが
する　有菸味

変（へん）なにおいがする

有奇怪的味道

〜が壊（こわ）れる　壊了

〜が汚（よご）れる　髒了

うるさい　吵鬧

騒（さわ）がしい　喧嘩吵鬧

音量（おんりょう）を下（さ）げる

調降音量

夜分（やぶん）　深夜

風邪（かぜ）を引（ひ）く　感冒

気分（きぶん）が悪（わる）い

身體不舒服

下痢（げり）をする

拉肚子

腹痛（ふくつう）がひどい

肚子劇烈疼痛

めまいがする

暈眩

熱（ねつ）がある　發燒

忘（わす）れ物（もの）　遺忘（物品）

免税店（めんぜいてん）の袋（ふくろ）

免税店的袋子

接到
客訴

・どのようなご用件でしょうか。　請問您有什麼事？

・原因を調べているところでございます。もう少しお待ちいただけますでしょうか。

我們在調查原因，可以請您稍候嗎？

・ご協力ありがとうございます。　謝謝您的合作。

客人
抱怨

・これ、壊れてない？　這個壞掉了吧？

・部屋／トイレの電気がつかない。　房間／廁所燈不會亮。

應對

・新しいのをお部屋までお持ち致します。

我送新的（物品）到您的房間。

・ご迷惑をおかけして申し訳ございません。ナイトマネージャー（の者）／係の者がただいまお部屋へうかがいます。

很抱歉造成您的困擾，夜間經理／工作人員現在就去您的房間。

・部屋がタバコ臭いので、部屋を替えてもらえませんか。　房間有菸臭味，可以幫我換房間嗎？

かしこまりました。お部屋の番号をお願いします。　好的，請問您的房號是？

・布団に寝たら体がかゆくて眠れません。

我蓋上棉睡覺之後，身體就癢得睡不著。

布団とシーツを交換させていただいてもよろしいでしょうか。　幫您換床單、棉被可以嗎？

 115

会話 1 エアコン
空調（發生故障）

 はい、フロントでございます。

 1010号室です。部屋の温度が調節できないみたいなんですが。

 すぐに係の者をお部屋へうかがわせますので、少々お待ちください。

·············· （その後、1010号室） ··············

 客室係でございます。

 はい、どうぞ。

 失礼いたします。エアコンをチェックいたします。
お客様、初めにこのスイッチを押してください。それから部屋の温度を調節していただくとよろしいかと存じます。

ああ、そうですか。

最適な温度に調節しておきましたので、5分ほどお待ち
くださいませ。

どうも、ありがとう。

どういたしまして。何かご用がございましたら、いつで
もお呼びください。

? 豆知識―その他の苦情

其他常見的客訴如下：

- テレビのリモコンが働きません。電視遙控器沒有作用。

- テレビが映りません。電視沒有畫面。

- 電話がつながりません。電話不通。

- エアコンの冷たい風・暖かい風がこない。空調沒有冷風／熱風。

- 水（水道）の出が悪い。水量很小。

- トイレの水が流れません。廁所不能沖水。

- 水がなかなか流れていかない。水流不太出去。

- シャワーのお湯が出ない。沖澡的沒有熱水。

- 部屋・バスルームが汚れている。房間／衛浴間很髒。

- ドア・窓の鍵がかからない。門／窗戶不能鎖。

- 窓・クローゼット・金庫が開かない。窗戶／衣櫃／保險箱打不開。

会話2　騒音の苦情　　抱怨噪音

 はい、フロントでございます。

 1010号室ですが、エレベーターの音がうるさくて眠れません。部屋を変えてもらえませんか。

 申し訳ございません。さっそく代わりのお部屋をご用意いたしますので、しばらくお待ちください。準備ができましたら、ご連絡いたします。

···················（しばらくして）···················

 フロントでございます。ただいまお部屋のご用意ができました。係の者がご案内いたしますので、少々お待ちくださいませ。

 分かりました。どうもありがとう。

～ て眠れません

例1 廊下の話し声がうるさい
⇨ 廊下の話し声がうるさくて眠れません。

隣の部屋の音が大きい

部屋が暑い

部屋が寒すぎる

部屋が不気味で、怖すぎる ❶

? 豆知識──騒音に関するお客様との対応

如果要到客人房間要求對方降低音量的話，一開始先説「お邪魔して申し訳ございませんが、」然後接下列表現：

 お客様のテレビの音が少し大きいようでございます。音量をお下げいただけませんでしょうか。

客人您的電視聲音有些大聲，可以請您降低音量嗎？

 お客様のお部屋の音が大きいとの苦情がまいっております。もう少しお静かにお願いいただけますでしょうか。

有人投訴客人您的房間聲音有些大，可否請您稍微安靜？

❶ 不気味（毛骨悚然）

練習問題

1　次の単語を日本語で答えなさい。

1 抱怨	2 糾紛	3 吵鬧
(　　　　　　　)	(　　　　　　　)	(　　　　　　　)
4 感冒	5 身體不舒服	6 拉肚子
(　　　　　　　)	(　　　　　　　)	(　　　　　　　)
7 暈眩	8 發燒	9 遺忘物品
(　　　　　　　)	(　　　　　　　)	(　　　　　　　)

2　例のように文を作りなさい。

例　廊下の話し声がうるさい

⇨　廊下の話し声がうるさくて、眠れません

1　隣の部屋の音が大きい

⇨　--

2　部屋が寒すぎる

⇨　--

3　部屋が暑い

⇨　--

4　体がかゆい

⇨　--

3　a,b の正しいほうを選びなさい。

1　(　)（a. もうすぐ　b. すぐ）に係りの者をお部屋へうかがわせます。

2　(　)お客様、（a. 初めに　b. 初めて）このスイッチを押してください。

3　(　)最適な温度に調節して（a. おきました　b. いきました）。

4 （ ） タバコの（a. 臭い　b. 味）がするので、部屋を替えてください。

4 正しい順番に並びかえなさい。

1 かえて / もらえませんか / を / 部屋

⇨ ---

2 お静か / でしょうか / に / いただけます / もう少し / お願い

⇨ ---

3 いたします / 準備 / できましたら / ご連絡 / が

⇨ ---

4 ご用意 / さっそく / お部屋 / いたします / 代わり / の / を

⇨ ---

5 次の文を翻訳しなさい。

1 請問您有什麼事？　　⇨ -----------------------------------

2 謝謝您的合作。　　　⇨ -----------------------------------

3 不好意思給您添麻煩。⇨ -----------------------------------

6 □から単語を選んで（　）に記入しなさい。

| つながりません　　流れません　　汚れています　　映りません　　開きません |

1 電話が（　　　　　　　　　）。

2 テレビが（　　　　　　　　）。

3 金庫が（　　　　　　　　　）。

4 トイレの水が（　　　　　　　　）。

5 部屋が（　　　　　　　　）。

(118)

会話 1　忘れ物：チェックアウト済み

失物：已辦
理退房

（電話にて）

🌸 先ほどチェックアウトした者ですが、部屋に忘れ物をしたようなんです。ちょっと調べてもらえますか。

👩 お客様のお名前をお願いいたします。

🌸 森田です。部屋は 1513 号室です。

👩 お忘れになったものは何でございますか。

🌸 黒いスケジュール帳です。たぶん机に忘れてしまったと思うんですが。

👩 お調べいたしますので、少々お待ちください。
………………（しばらくして）………………
お待たせいたしました。はい、お忘れのスケジュール帳はございました。

🌸 ああ、よかった。それでは今から取りに行きます。

👩 はい、かしこまりました。フロントにてお預かりさせていただきます。

～ に ～ を忘れました。 (119)

例 テーブル・ハンカチ

⇨  テーブルにハンカチを忘れました。

トイレ・帽子（ぼうし）

 金庫（きんこ）・パスポート

クローゼット・マフラー

 テーブル・サングラス

 豆知識

常忘記的東西：

- **手荷物**（てにもつ） 手提包
- **上着**（うわぎ） 外套
- **コート** 大衣
- **財布**（さいふ） 錢包
- **腕時計**（うでどけい） 手錶
- **携帯電話**（けいたいでんわ） 手機
- **かばん** 包包
- **買い物の商品**（かいもののしょうひん） 購買的東西

- **ネックレス** 項鍊
- **イヤリング** 耳環
- **傘**（かさ） 雨傘
- **カメラ** 相機

185

会話2 忘れ物が見つからない場合

找不到失物的情況

すみません、さっき1階のカフェ❶でお茶して、そこに忘れ物をしたと思うんですが。

お忘れになったものは何でしょうか？

デジタルカメラです

どのテーブルにお座りでしたか。

窓側の真ん中の席です。

お調べしますので、少々お待ちください。（しばらくして）

申し訳ございません。お探ししましたが、どこにも見当たらないようです…。

確かにそこに忘れたと思うんですが…。もし後から出てきたら知らせてもらえませんか。1517号室の森田です。

はい、かしこまりました。見つかりましたら、すぐご連絡させていただきます。

❶ 「カフェ」是類似「星巴克」的西式咖啡廳。

どこにお忘れになりましたか。

〜です。

例 1階のカフェ ⇨ 1階のカフェです。

2階のレストラン

テラス席

個室

テーブル席

カウンター席

右側奥の窓際の席

入り口近く

PART
a
11
糾紛（客訴）

Unit
20
失物

練習問題

1 例のように文を作りなさい。

例	テーブル / ハンカチ	⇨	テーブルにハンカチを忘れました 。
1	トイレ / 帽子	⇨	。
2	金庫 / パスポート	⇨	。
3	部屋 / かばん	⇨	。
4	テーブル / 眼鏡	⇨	。

2 しい順番に並びかえなさい。

1 何 / お忘れ / でしょうか / もの / になった / は

⇨

2 どこにも / が / しました / 見当たりません / お探し

⇨

3 出てきたら / もらえませんか / 後 / 知らせて / から

⇨

4 見つかりましたら / いただきます / させて / ご連絡

⇨

3 （　）に単語を記入しなさい。

G：部屋に忘れ物をしたようなんです。

S：お客様の（ 1 　　　　　）をお願いいたします。

G：森田です。部屋は1513号室です。

S：（ 2 　　　　　）になったものは何で（ 3 　　　　　）か。

G：黒色のスケジュール帳です。（ 4 　　　　　）机に忘れてしまったと思うんですが。

S：（ 5 　　　　　）いたしますので、少々お待ちください。

お客様の具合が悪い
客人身體不適

(122)

会話 1 　風邪を引いたみたい —— 似乎是感冒了

 はい、フロントでございます。

 1010号室（ごうしつ）の者（もの）ですが、どうやら風邪（かぜ）を引（ひ）いたみたいで、少（すこ）し熱（ねつ）があるようなんですが、薬（くすり）をいただけませんか。

 お客様（きゃくさま）、申（もう）し訳（わけ）ございません。こちらでお薬（くすり）はご用意（ようい）できないことになっております。代（か）わりにホテル内（ない）の医務室（いむしつ）か、近（ちか）くに病院（びょういん）もございますので、そちらへご案内（あんない）できますが、いかがいたしましょう。

 あまりひどくはないので、ホテルの医務室（いむしつ）でいいです。

 かしこまりました。それでは医務室（いむしつ）へご案内（あんない）いたします。係（かかり）の者（もの）をお部屋（へや）までうかがわせますので、少々（しょうしょう）お待（ま）ちくださいませ。

 ありがとう。

〜ことになっております

123

例 お薬はご用意できない

⇨ お薬はご用意できないことになっております。

予約なしに診療できない

病院までの送迎はできない

証明書等の発行はできない

宿泊者以外の方は利用できない

貴重品はお預かりできない

駐車できない

練習問題

1　例のように文を作りなさい。

例　お薬はご用意できません

⇨　お薬はご用意できないことになっております

1　駐車できません

⇨

2　予約なしに診療できません

⇨

3　証明書などの発行はできません

⇨

4　病院までの送迎はできません

⇨

5　貴重品はお預かりできません

⇨

2　□から単語を選んで（　）に記入しなさい。

代わりに	どうやら	ご用意	ひどく	薬	近くに

S：はい、フロントでございます

G：1010号室の者ですが、（ 1 　　　）風邪を引いたみたいで、少し熱があるよう

　　なんですが、（ 2 　　　）をいただけませんか。

S：申し訳ございません。こちらでお薬は（ 3 　　　）できないことになっておりま

　　す。（ 4 　　　）ホテル内の医務室か、（ 5 　　　）病院もございますので、

　　そちらへご案内できますが、いかがいたしましょう。

G：あまり（ 6 　　　）はないので、医務室でいいです。

附錄

飯店相關用語・
中譯・解答

1 飯店相關用語_

客房內 124

1 セーフティーボックス：保險箱

2 テレビ／ＴＶ：電視

3 エアコン：冷氣

4 デスク・机：書桌

5 クローゼット：衣櫃

6 椅子：椅子

7 カーテン：窗簾

8 鏡：鏡子

備品 125

1 目覚まし時計：鬧鐘

2 リモコン：遙控器

3 電気ポット：熱水瓶

4 電気ケトル：快煮壺

5 靴べら：鞋拔

6 洋服ブラシ：刷衣服毛球刷

7 加湿器：加濕機

8 空気清浄機：空氣清淨機

9 アイロン：熨斗

10 アイロン台：熨燙台

11 （差し込み）プラグ：插頭

12 コンセント：插座

13 変圧器：變壓器

14 変換プラグ：轉換插頭

15 消火器：滅火器

寝具 126

1 ベッド：床

2 毛布：毯子

3 枕：枕頭

4 枕カバー：枕頭套

5 シーツ：床單

6 マットレス：床墊

7 ハンガー：衣架

冰箱內 127

1 ミニバー・冷蔵庫：（房內的）冰箱

2 アルコール類：酒精類

3 ワイン：葡萄酒

4 ビール：啤酒

5 ウィスキー：威士忌

6 ミネラルウォーター：礦泉水

7 ジュース：果汁

8 スナック：零食

9 ポテトチップス：洋芋片

衛浴 128

1 便器（べん き）：馬桶

2 浴槽・バスタブ（よくそう）：浴缸

3 アメニティ：衛浴用品

4 スリッパ：拖鞋

5 パジャマ：睡衣

6 タオル：毛巾

7 バスローブ：浴袍

8 ヘアドライヤー：吹風機

9 石鹸（せっけん）／ソープ：肥皂；香皂

10 ボディーローション：身體乳液

11 ボディーシャンプー：沐浴乳

12 シャンプー：洗髪精

13 リンス／ヘアコンディショナー：
潤髪乳

14 シャワーキャップ：浴帽

15 綿棒（めんぼう）：綿花棒

16 くし：梳子

17 歯磨き（は みが）：牙膏

18 歯ブラシ（は）：牙刷

19 かみそり：刮鬍刀

20 ソーイングキット：針線包

21 コップ：杯子

22 爪きり（つめ）：指甲剪

館內 129

1 フロント：飯店前檯

2 レセプション：接待櫃檯

3 ロビー：大廳

4 クローク：衣帽、行李服務櫃檯

5 ベルデスク：服務員領班櫃檯

6 コンシェルジュ：禮賓櫃檯

7 会議室（かい ぎ しつ）：會議室

8 宴会場（えんかいじょう）：宴會廳

9 食事処（しょく じ どころ）：用餐處

10 施設（し せつ）：施設

11 レストラン：餐廳

12 バー／ラウンジ：酒吧／聯誼廳

13 ジム／フィットネスクラブ：健身房

14 プール：游泳池

15 サロン：沙龍

16 チャイルドケアルーム：兒童室

17 コインランドリー：衣物清洗間；投幣式洗衣機

18 エレベーター：電梯

19 階段（かいだん）：樓梯

20 非常口（ひじょうぐち）：逃生門

21 公衆電話（こうしゅうでんわ）：公共電話

22 地下1階（ちかかい）：地下一樓

23 廊下（ろうか）：走廊

24 通路（つうろ）：走道

25 入り口（いぐち）：入口

26 出口（でぐち）：出口

商務中心  130

1 ビジネスセンター：商務中心

2 インターネット：網路

3 パソコン：電腦

4 ケーブル：寬頻網路

5 プリンター：列表機

6 スキャナー：掃瞄機

7 バッテリー：電池

8 コピー機（き）：影印機

9 カラー：彩色

10 モノクロ：黑白

11 充電する（じゅうでん）：充電

12 コピーする：影印

13 印刷する（いんさつ）：列印

服務  131

1 ベルボーイ：門房

2 支配人・マネージャー（しはいにん）：飯店經理

3 ポーター：提送行李的服務人員

4 チェックイン：住宿登記

5 チェックアウト：退房

6 会計（かいけい）：結帳

7 外貨両替（がいかりょうがえ）：外幣兌換

8 モーニングコール：晨喚服務

9 ルームサービス：客房服務

10 ランドリーサービス：清洗衣物服務

11 ビュッフェスタイル：歐式自助餐

12 バイキング形式（けいしき）：自助吧（無限供應）

客房  132

1 シングルルーム：單人房

2 ダブルルーム：單床雙人房

3 ツインルーム：雙床雙人房

4 トリプルルーム：三人房

5 スイートルーム：豪華客房

6 洋室<ruby>ようしつ</ruby>：西式客房

7 和室<ruby>わしつ</ruby>：日式客房

8 エキストラベッド：加床

9 ベビーベッド：嬰兒床

衣物 （133）

1 スーツ：西裝；套裝

2 ジャケット：夾克

3 コート：大衣

4 スラックス／ズボン：褲子

5 ワイシャツ：襯衫

6 ブラウス：罩衫

7 スカート：裙子

8 ワンピース：連身裙

9 パジャマ：睡衣

10 下着<ruby>したぎ</ruby>：內衣

11 水洗<ruby>みずあら</ruby>いする：水洗

12 プレスする：熨平

用餐 （134）

1 朝食<ruby>ちょうしょく</ruby>：早餐

2 ランチ：午餐

3 ディナー：晚餐

4 フルコース：全餐

5 単品注文<ruby>たんぴんちゅうもん</ruby>：單點

6 セット：套餐

7 前菜<ruby>ぜんさい</ruby>：前菜

8 サラダ：沙拉

9 スープ：湯

10 メインディッシュ：主菜

11 魚料理<ruby>さかなりょうり</ruby>：魚類料理

12 肉料理<ruby>にくりょうり</ruby>：肉類料理

13 パスタ：義大利麵

14 パン：麵包

15 ライス：米飯

16 ドレッシング：沙拉醬

17 ソース：（西式）醬

18 デザート：甜點

19 飲<ruby>の</ruby>み物<ruby>もの</ruby>：飲料

20 コーヒー：咖啡

21 紅茶<ruby>こうちゃ</ruby>：紅茶

22 緑茶<ruby>りょくちゃ</ruby>：綠茶

23 ジャスミンティー：茉莉花茶

24 お酒<ruby>さけ</ruby>：酒

25 ビール：啤酒

26 日本酒（にほんしゅ）：日本酒

27 ワイン：葡萄酒

28 赤ワイン（あか）：紅葡萄酒

29 白ワイン（しろ）：白葡萄酒

30 シャンパン：香檳

31 ウイスキー：威士忌

32 メニュー：菜單

33 食べ放題（たほうだい）：吃到飽

34 飲み放題（のほうだい）：無限暢飲

35 注文する（ちゅうもん）：點菜

36 勘定する（かんじょう）：結帳

餐具  135

1 お茶碗（ちゃわん）：飯碗

2 小皿（こざら）：小盤子

3 大皿（おおざら）：大盤子

4 取り皿（とざら）：分取食物的小碟子

5 杓文字（しゃもじ）：飯匙

6 箸（はし）：筷子

7 割り箸（わばし）：衛生筷

8 ナイフ：刀子

9 フォーク：叉子

10 スプーン：湯匙（西餐所用的）

11 匙（さじ）：匙

12 蓮華（れんげ）：湯匙（柄短陶製的湯匙）

13 コップ：杯子（杯子總稱）

14 グラス：喝洋酒的玻璃杯

15 タンブラー：透明、無杯腳的玻璃大型酒杯

16 ジョッキ：有把手的啤酒杯

17 コーヒーカップ：咖啡杯

18 ワイングラス：葡萄酒杯

19 シャンパングラス：香檳杯

20 箸置（はしおき）：筷架

21 爪楊枝（つまようじ）：牙籤

22 灰皿（はいざら）：煙灰缸

23 水差し（みずさ）：冷水瓶

24 ピッチャー：冷水瓶

25 ランチョンマット：餐墊

26 ティッシュ：面紙

27 ナプキン：餐巾

28 紙ナプキン（かみ）：（紙）餐巾紙

Unit 3

會話 1　　P. 28

（電話中）

S 您好，這裡是台北的 ABC 飯店。

G 嗯，我想要訂房。

S 謝謝您。請問您要訂什麼時候？

G 從 5 月 10 日起二個人住宿兩晚。

S 請問您要訂什麼樣的房間？

G 我要雙床雙人房。

S 好的，我查看一下，請您稍待片刻。

お（ご）〜する

例

- 待たせる（お）⇨ お待たせします。
- 知らせる（お）⇨ お知らせします。
- 確認する（ご）⇨ ご確認します。
- 案内する（ご）⇨ ご案内します。

お（ご）〜ください

例

- 呼ぶ ⇨ お呼びください。
- 声をかける ⇨ 声をおかけください。
- こちらに座る ⇨ こちらにお座りください。
- こちらのお席にかける ⇨ こちらのお席におかけください。
- こちら側に並ぶ ⇨ こちら側にお並びください。

會話 2　　P. 30

（查住房狀況）

S 讓您久等了，您所希望的日期可以預約，麻煩給我您的姓名以及聯絡電話。

G 我的名字是田中春子。我的電話號碼是 2134-5555。

S 承蒙您讓我再確認一次您的訂房。田中春子小姐，您訂的是 5 月 10 日、11 日兩晚的雙床雙人房。您的電話號碼是 2134-5555。

G 是的，沒錯。

S 謝謝您來電訂房。您光臨的時候，敬請一路小心。

お（ご）〜できます

例

- 用意する（ご）⇨ ご用意できます。
- 案内する（ご）⇨ ご案内できます。
- 21 時までお待ちする ⇨ 21 時までお待ちでききます。

お（ご）〜くださいませ

例 1

- 過ごす（お）⇨ お過ごしくださいませ。
- 利用する（ご）⇨ ご利用くださいませ。

例 2

- どうぞごゆっくり（過ごす）⇨ どうぞごゆっくりお過ごしくださいませ。
- ぜひ（利用する）⇨ ぜひご利用くださいませ。

會話 3　　P. 32

S 請問您要訂什麼樣的房間？

G 我要訂單床雙人房。

S 我確認一下房間，請稍待片刻。

……（過了一會兒）……

讓您久等了，我們有 7,500 元和 6,300 元的房間，不知道您要的是哪一種？

G 我要訂 6,300 元的房間。

S 好的。另外還要加上 10% 的服務費，可以嗎？

G 好的，沒問題。

お（ご）〜いたす

例 1

- すぐ伺う ⇨ すぐお伺いいたします。

附錄

② 會話中譯＆句型解答

- 受ける ⇨ お受けいたします。
- 紹介する ⇨ ご紹介いたします。
- 説明する ⇨ ご説明いたします。

例2

- ご用件を伺う ⇨ ご用件をお伺いいたします。
- ご予約を受ける ⇨ ご予約をお受けいたします。
- イベントを紹介する ⇨ イベントをご紹介いたします。
- サービスを説明する ⇨ サービスをご説明いたします。

～させていただきます

例1

- 案内する ⇨ 案内させていただきます。
- 終了する ⇨ 終了させていただきます。
- 請求する ⇨ 請求させていただきます。
- 失礼する ⇨ 失礼させていただきます。

例2

- パスポートを拝見する ⇨ パスポートを拝見させていただきます。
- ご予約を確認する ⇨ ご予約を確認させていただきます。

Unit 4

會話 1　P. 37

G 我要訂 5 月 10 日開始二晚，二位。

S （查空房狀況）很抱歉，您要訂的那天客滿，如果您方便的話，可以訂其他天嗎？

G 那……，雙床雙人房，5 月 17 日開始二晚呢？

S 好的，請稍等。（查空房狀況）5 月 17 日的話，雙床雙人房客滿，已經不能訂房了。如果是單床雙人房，還有空房。

G 那麼單床雙人房也可以。

S 好的，那麼我就為您訂單床雙人房。

～は満室で、お取りできませんが…

例

- 和室 ⇨ 和室は満室で、お取りできませんが…。
- 洋室 ⇨ 洋室は満室で、お取りできませんが…。
- ツインルーム ⇨ ツインルームは満室で、お取りできませんが…。
- ダブルルーム ⇨ ダブルルームは満室で、お取りできませんが…。
- 四人部屋 ⇨ 四人部屋は満室で、お取りできませんが…。
- 海の見える部屋 ⇨ 海の見える部屋は満室で、お取りできませんが…。

～になっております

例

- 全館禁煙 ⇨ 全館禁煙になっております。
- 宿泊者以外の方の出入りは禁止 ⇨ 宿泊者以外の方の出入りは禁止になっております。

會話 2　P. 39

G 我想要訂房，二位大人，二位小孩。

S 感謝您的來電。單床雙人房二間可以嗎？含稅 1 晚 14,000 日幣。

G 有沒有比較便宜的方案？雙床雙人房加床之類的。小朋友一位是 10 歲；一位是 7 歲。

S 雙床雙人房加床的話是 8,000 日幣，但是不含小朋友早餐。如果是三人房加床的話，費用是 9,000，早餐是三人份。

G 這樣啊！那麼我要三人房加床，另外追加一人份的早餐。

S 好的。

～でよろしいでしょうか

例

- 禁煙室 ⇨ 禁煙室でよろしいでしょうか。
- 喫煙室 ⇨ 喫煙室でよろしいでしょうか。
- 高層階 ⇨ 高層階でよろしいでしょうか。
- 道路側 ⇨ 道路側でよろしいでしょうか。
- 角部屋 ⇨ 角部屋でよろしいでしょうか。
- エレベーターに近い部屋 ⇨ エレベーターに近い部屋でよろしいでしょうか。
- コネクティングルーム ⇨ コネクティングルームでよろしいでしょうか。
- 以上 ⇨ 以上でよろしいでしょうか。
- これ ⇨ これでよろしいでしょうか。

會話 3　P. 41

G 我想要取消訂房。

S 好的。麻煩告訴我您的大名。

G 我是田中健一。

S 請稍待片刻。田中健一先生，您訂的是 5 月 10、11 日的單人房。

G 是的。

S 很抱歉，您可以取消訂房，不過因為是住宿日的前一天，所以您要付 50% 的住房費用。住房費用是 8,000 元，50% 就是 4,000 元，可以嗎？

G 好，我知道了。

S 您的訂房已經幫您取消了，歡迎您再度惠顧。

お（ご）～いただけます

例 1

- 待つ（お） ⇨ お待ちいただけます。
- 来館する（ご） ⇨ お来館いただけます。
- 教える（お） ⇨ お教えいただけます。
- 利用する（ご） ⇨ ご利用いただけます。

例 2

- 教える（お） ⇨ お教えいただいております。

- 越す（お） ⇨ お越しいただいております。
- 利用する（ご） ⇨ ご利用いただいております。

Unit 5

會話 1　P. 50

S 您好，歡迎光臨 ABC 飯店。讓我來替您拿行李吧！

G 行李在計程車的後行李箱，麻煩你了。

S 知道了。（過了一會兒）請問是不是有三件行李？

G 是的，沒錯。

S 這邊請。（往飯店內）

S 謝謝，這是您的行李牌。辦理住房時麻煩交給櫃檯，服務人員會把您的行李送到您的房間。希望您住得舒適愉快。

G 謝謝。

お（ご）～いたしましょうか

例 1

- 預かる ⇨ お預かりいたしましょうか。
- 用意する ⇨ ご用意いたしましょうか。
- 手伝う ⇨ お手伝いいたしましょうか。
- 変更する ⇨ ご変更いたしましょうか。

例 2

- 部屋のかぎをお預かりする ⇨ 部屋のかぎをお預かりいたしましょうか。
- ベビーベッドをご用意する ⇨ ベビーベッドをご用意いたしましょうか。
- 部屋をご変更する ⇨ 部屋をご変更いたしましょうか。
- 何かお手伝いする ⇨ 何かお手伝いいたしましょうか。

會話 2　P. 52

B 歡迎光臨 ABC 飯店。請問您有幾個行李？

G 3 個。

B 行李箱 2 個，包包 1 個，對嗎？

G 是的，這是全部。

B 我帶您到前檯，這邊請。

G 謝謝。

B 住房手續辦好後，會有門房帶您到房間。

G 我知道了。

B 請您好好休息。

お（ご）～になる

例1

- 利用する（ご）⇨ ご利用になります。
- 使う（お）⇨ お使いになります。
- 待つ（お）⇨ お待ちになります。
- 戻る（お）⇨ お戻りになります。
- 休む（お）⇨ お休みになります。

例2

- インターネットを使う ⇨ インターネットをお使いになりますか。
- Wi-Fi・使う ⇨ Wi-Fi をお使いになりますか。

會話 3　P. 54

B 我來替您把行李送到房間。一共是 2 件行李箱和 1 件包包，對吧？

G 是的。

B 電梯這邊請。

G 好的

…………（搭電梯）…………

B 這是您的房間，請進。行李放這邊可以嗎？

G 好的。

B 外套先幫您掛這裡。

G 好的，麻煩你了。

B 窗簾要拉開嗎？

G 好。

B 這是您的房間鑰匙。請問還有什麼事情嗎？

G 沒有了。

B 那麼，請您好好休息。

お（ご）～しておきます

例

- 伝える ⇨ お伝えしておきます。
- 手配する ⇨ ご手配しておきます。
- こちらにお置きする ⇨ こちらにお置きしておきます。
- お気持ちだけお受けする ⇨ お気持ちだけお受けしておきます。

～はございませんでしょうか

例

- 他にお荷物 ⇨ 他にお荷物はございませんでしょうか。
- お忘れ物 ⇨ お忘れ物はございませんでしょうか。
- 他にお役に立てること ⇨ 他にお役に立てることはございませんでしょうか。

Unit 6

會話 1　P. 62

S 歡迎光臨。

G 我要辦住房登記。

S 請問您有訂房嗎？

G 有。

S 請給我您的訂房號碼。

G 好的。

S 請您稍等。（過了一會兒）森田健一先生是嗎？

G 是的。

S 麻煩您在這張單子上寫下您的姓名、護照號碼等等。同時麻煩您把護照和信用卡借給我看一下。

（登記完後）

S 謝謝您。這是您的房卡，是 1102 號房。這是早餐券。早餐在大廳的餐廳享用，開放時間是 6:30 ～ 10:00。請放輕鬆休息。

～でございます

例 1

- 満室 ⇨ 満室でございます。
- お荷物 ⇨ お荷物でございます。
- 部屋のかぎ ⇨ 部屋のかぎでございます。

例 2

- ルームカード ⇨ こちらはルームカードでございます。
- お荷物 ⇨ こちらはお荷物でございます。
- 番号札 ⇨ こちらは番号札でございます。

會話 2　P. 65

🅖 我們是來自日本假日觀光團的旅客。麻煩幫我們辦理住宿登記。

🆂 （您好）是的，我們有您的訂房記錄。請問您是代表人小林先生嗎？

🅖 是的。

🆂 人數總共是 10 人（沒錯吧）？

🅖 是的。

🆂 您們訂的是 5 間雙床的雙人房。住宿登記表（我們）已經填好了，請您把所有旅客的護照讓我確認一下。

🅖 好的，請過目。

🆂 那我先收下。麻煩稍待片刻。
（過了一會兒）

🆂 已經確認完畢了，護照還給您們。這是早餐券以及房間鑰匙。等一下服務人員會過來帶您們去房間，請先在那邊的沙發稍待片刻。

～ております

例 1

- ご用意する ⇨ ご用意しております。
- ご記入する ⇨ ご記入しております。
- お待ちする ⇨ お待ちしております。
- ご提供する ⇨ ご提供しております。

例 2

- 予約（ご）⇨ またのご予約をお待ちしております。
- 電話（お）⇨ またのお電話をお待ちしております。

會話 3　P. 67

🆂 歡迎光臨。

🅖 我有訂房，我的名字是森田健一，（給對方看護照）現在可以辦住房嗎？

🆂 您是森田先生，是嗎？很抱歉，我們住房登記是 2 點開始，可以請您再等會嗎？

🅖 這樣啊！那麼我可以寄放行李嗎？

🆂 可以的，我們先幫您保管行李。（保管行李）這是號碼牌。

お（ご）～いただけますでしょうか

例

- 確認する ⇨ ご確認いただけますでしょうか。
- お名前を聞かせる ⇨ お名前をお聞かせいただけますでしょうか。
- お名前を教える ⇨ お名前をお教えいただけますでしょうか。
- こちらから選ぶ ⇨ こちらからお選びいただけますでしょうか。
- アンケートに協力する ⇨ アンケートにご協力いただけますでしょうか。

Unit 7

會話 1　P. 76

🅖 麻煩您，我要辦理退房。（交出房間的鑰匙）

🆂 是 1010 房的田中先生嗎？麻煩稍待片刻。
…………（過了一會兒）…………
讓您久等了，這是您的明細。總共是 13,200 元。請您確認。

🄶 好。那麼我要刷卡。

🅂 好的。收（下）您的信用卡。（過了一會兒）麻煩您在這裡簽一下名。

🄶 好的。

🅂 謝謝您。您還住得滿意嗎？

🄶 非常舒適。

🅂 謝謝您。期待您下次再度光臨。請小心慢走。

～をお願いします

例

- 領収書 ⇨ 領収書をお願いします。
- タクシー ⇨ タクシーをお願いします。
- 日本に宅配 ⇨ 日本に宅配をお願いします。
- お会計 ⇨ お会計をお願いします。

～はいかがでしたか

例

- お食事 ⇨ お食事はいかがでしたか。
- お部屋 ⇨ お部屋はいかがでしたか。
- お料理 ⇨ お料理はいかがでしたか。

會話 2　P. 78

🄶 麻煩您，我要辦理退房。（交出房間的鑰匙）

🅂 好的。請您稍待。（過了一會兒）讓您久等了，總共是 5,400 元，請確認。

🄶 這個費用是含服務費嗎？

🅂 是的。含 10% 的服務費，以及電話費。

🄶 好的，沒有錯。

🅂 謝謝您。請問您要怎麼支付？

🄶 刷卡。（拿出信用卡）

🅂 謝謝，收您信用卡。

……………（完成手續）…………

🅂 這是您的信用卡及刷卡簽單。感謝您本次住宿 ABC 飯店。期待您再度光臨。

～込み

例

- 税 ⇨ 税込みでございます。
- 送料 ⇨ 送料込みでございます。
- 消費税 ⇨ 消費税込みでございます。
- 入館料 ⇨ 入館料込みでございます。

會話 3　P. 80

🄶 不好意思，這張帳單好像有點不太對……。

🅂 這上面是您一晚的住宿費加上 10% 服務費，還有您打到日本的國際電話費。

🄶 我並沒有打國際電話。

🅂 很抱歉，那我再確認一遍，麻煩您稍待片刻。

（確認過後）

真的非常抱歉。是我們的疏失，算錯成其他房間的費用。這是（新的）帳單，麻煩您確認一下。

～が入っております

例

- インターネットの料金 ⇨ インターネットの料金が入っております。
- マッサージ代 ⇨ マッサージ代が入っております。
- ミニバーの飲食代 ⇨ ミニバーの飲食代が入っております。
- クリーニング代 ⇨ クリーニング代が入っております。
- ルームサービス代 ⇨ ルームサービス代が入っております。

Unit 8

會話 1　P. 84

🄶 我已經辦理退房了，去機場之前可以先讓我寄放一下行李嗎？

S 好的，沒問題。請寄放到那邊的衣帽間。

G 好的。

………（前往衣帽間）………

我要寄行李。

S 好的，您有幾件行李呢？

G 2 個。

S 好的。（3 分鐘後，遞給號碼牌）這是您的號碼牌，在取回行李時請把這個號碼牌交給服務人員。

G 好的。可以寄放到幾點？

S 今天以內都可以。

～てもらえますか

例

- 渡す ⇨ 渡してもらえますか。
- 説明する ⇨ 説明してもらえますか。
- 部屋を替える ⇨ 部屋を替えてもらえますか。
- パスポート番号を教える ⇨ パスポート番号を教えてもらえますか。
- タオルを交換する ⇨ タオルを交換してもらえますか。

～まで荷物を預かる

例

- チェックイン ⇨ チェックインまで荷物を預かってもらえますか。
- 午後 2 時 ⇨ 午後 2 時まで荷物を預かってもらえますか。
- 明日 ⇨ 明日まで荷物を預かってもらえますか。

會話 2 P. 86

G 我想寄送行李，要怎麼處理呢？

S1 您可以送宅急便，請您到 1 樓的衣帽櫃檯。

………（前往 1 樓的衣帽櫃檯）…………

G 這些行李我要今日送到。

S2 很抱歉，當日配送必須在早上 11 點之前寄，11 點之後就是隔天寄到。

G 這樣啊！那就不用了。

S 很抱歉沒能幫上您的忙。

～て、申し訳ございません

例

- ご迷惑をお掛けする ⇨ ご迷惑をお掛けして、申し訳ございません。
- お待たせする ⇨ お待たせして、申し訳ございません。
- ご不便をお掛けする ⇨ ご不便をお掛けして、申し訳ございません。
- ご心配をお掛けする ⇨ ご心配をお掛けして、申し訳ございません。
- お騒がせする ⇨ お騒がせして、申し訳ございません。

Unit 9

會話 1 P. 95

G 請問飯店內有健身房嗎？

S 有的，我們有健身房、游泳池、spa。如果是住宿的客人，均可免費使用。

G 請問開放時間是什麼時候？

S 這三項設施都是從早上 6 點開放到晚上 11 點。另外，我們還有提供按摩的服務。

G 請問那也是免費的嗎？

S 那是要付費的。此外，如果需要按摩服務，必須要事先預約。先打電話到櫃檯就可以預約。

G 我知道了，謝謝。

～はどうなっていますか

例

- 朝食 ⇨ 朝食はどうなっていますか。
- 支払い方法 ⇨ 支払い方法はどうなっていますか。
- インターネットの環境 ⇨ インターネットの環境はどうなっていますか。

- ホテルの送迎について ⇨ ホテルの送迎についてはどうなっていますか。
- 子ども料金 ⇨ ⇨ 子ども料金はどうなっていますか。
- 子どもの食事の内容 ⇨ 子供の食事の内容はどうなっていますか。

～いただければ～

例

- お問合せ（ご予約を承ります） ⇨ お問合せをいただければご予約を承ります。
- ご返事（幸いです） ⇨ ご返事をいただければ幸いです。
- ご連絡（幸いです）ご連絡をいただければ幸いです。

會話 2　　P. 97

S 為您介紹一下飯店。飯店頂樓是中華料理餐廳；酒吧及交誼廳在 15 樓。

G 有商店嗎？

S 是的，在大廳的旁邊有商店，營業時間是早上 9 點到晚上 8 點。

G 我想要使用健身房。

S 可以的，您可以免費使用。早上 7 點開始還有免費的瑜珈課程喔！

G 我還想要按摩。

S 是的，按摩是預約制，您想要利用時，請跟櫃檯連絡。

～でご利用いただけます

例

- 30 分 800 元 ⇨ 30 分 800 元でご利用いただけます。
- 貸切 ⇨ 貸切でご利用いただけます。
- 特別料金 ⇨ 特別料金でご利用いただけます。
- 個室 ⇨ 個室でご利用いただけます。
- お得な価格 ⇨ お得な価格でご利用いただけます。

～の際は～

例

- ご宿泊 ⇨ ご宿泊の際はこちらフロントまでご連絡ください。
- ご入用 ⇨ ご入用の際はこちらフロントまでご連絡ください。
- チェックアウト ⇨ チェックアウトの際はこちらフロントまでご連絡ください。
- ご来館 ⇨ ご来館の際はこちらフロントまでご連絡ください。

會話 3　　P. 99

G 飯店內可以使用網路嗎？

S 可以的，1 樓的大廳有商務中心，裡面有 5 台電腦，您可以多加利用。

G 我有帶筆電，房間裡也可以使用嗎？

S 如果您有帶筆電，將房間內的連接線接到電話線旁邊接頭，就可以使用。

G 費用怎麼算？

S 是免費的。

G 我知道了。謝謝。

～に～が置いてあります

例

- 各部屋・観光パンフレット ⇨ 各部屋に観光パンフレットが置いてあります。
- ベッドの上・浴衣 ⇨ ベッドの上に浴衣が置いてあります。
- 部屋のデスク・観光マップ ⇨ 部屋のデスクに観光マップが置いてあります。

～てただければ～

例

- 登録する ⇨ 登録していただければ、ご利用になれます。
- あらかじめ問い合わせる ⇨ あらかじめ問い合わせていただければ、ご利用になれます。
- ルームキーを見せる ⇨ ルームキーを見せていただければ、ご利用になれます。

Unit 10

會話 1　P. 103

G 我想要從房間打電話出去。

S 您可以先按 0，再按對方的號碼。如果是打國際電話，要先按國碼。

G 房間裡可以使用 Wi-Fi 嗎？

S 全飯店都可以連上 Wi-Fi，密碼寫在這邊的飯店簡介中。

G 請給我適用台灣的插頭及變壓器。

S 好的，稍後為您送過來。電壓是 110 伏特，請您確認。

會話 2　P. 105

S 電視下面櫃子的門打開後，冰箱就在裡面。裡面備有含酒精的飲料、果汁、礦泉水。這是費用表。取用後費用是在退房時和住宿費一起結算的。

G 請問有附冷凍庫嗎？

S 對不起。只有冷藏室而已。

G 保險箱在哪裡？

S 在衣櫃裡。您可以把護照等貴重的物品放在裡面保管。這是轉盤式的，把貴重物品放進去之後，然後在轉盤上設下四位數密碼，就設定完成了。

～の場合は～

例

- 車でお越し（お知らせください）
  ⇨ 車でお越しの場合はお知らせください。
- 同じフロアご希望（ご到着前にお知らせください）
  ⇨ 同じフロアご希望の場合はご到着前にお知らせください。
- 保護者と添い寝する（ご宿泊料金は無料です）
  ⇨ 保護者と添い寝する場合はご宿泊料金は無料です。

～をご用意しております

例

- 日本語のメニュー ⇨ 日本語のメニューをご用意しております。
- 観光パンフレット ⇨ 観光パンフレットをご用意しております。
- レンタルパソコン ⇨ レンタルパソコンをご用意しております。
- ベビーカー ⇨ ベビーカーをご用意しております。

會話 3　P. 107

S 浴室裡備有衛浴用品。浴室內有浴巾，如果不夠的話可以向櫃檯索取。此外，衣櫃裡備有浴袍，歡迎多加利用。

G 我想要借熨斗及熨斗台。

S 可以的，您跟櫃檯連絡的話，就可以借。

～までお申し付けくださいませ

例

- ホテルスタッフ ⇨ ホテルスタッフまでお申し付けくださいませ。
- ベルデスク ⇨ ベルデスクまでお申し付けくださいませ。

Uint 11

會話 1　P. 116

S 您好，是否可以讓我們打掃房間？

G 嗯，可以 30 分鐘後再過來嗎？

S 好的，稍後我再過來。

G 啊！不好意思，現在衛生紙沒了。可以先幫我補充嗎？

S 好的，我隨即送來。請稍候。

G 麻煩你了。

～させていただきたい

例

- 調べる ⇨ 調べさせていただきたいのですが。
- 終わる ⇨ 終わらせていただきたいのですが。
- 確認する ⇨ 確認させていただきたいのですが。
- 遠慮する ⇨ 遠慮させていただきたいのですが。
- 質問をする ⇨ 質問をさせていただきたいのですが。

會話 2　P. 118

S 我是清潔人員，請問可以打掃嗎？
G 打掃是不用了，可是我的洗髮精剛好用完了。
S 那我幫您補充新的，順便替您換新的浴巾。
G 麻煩你了。
………（送物品過來）………
S 讓您久等了，這是您需要的物品。請問您還有其他的需要？
G 沒有了。謝謝。

～ても（でも）よろしいでしょうか

例

- カーテンを開ける ⇨ カーテンを開けてもよろしいでしょうか。
- お部屋に入る ⇨ お部屋に入ってもよろしいでしょうか。
- 毛布を交換する ⇨ 毛布を交換してもよろしいでしょうか。
- こちらに置く ⇨ こちらに置いてもよろしいでしょうか。

～とお取り替えします

例

- 別のもの ⇨ 別のものとお取り替えいたします。

- ほかの電気ポット ⇨ ほかの電気ポットとお取り替えいたします。
- ほかのドライヤー ⇨ ほかのドライヤーとお取り替えいたします。

Uint 12

會話 1　P. 122

S 客房服務。
G 我要送洗衣物。
S 好的。麻煩您（將衣物）放入房間裡的清洗袋，然後填寫清洗單。
G 清洗袋在哪裡？
S 在衣櫃裡。
G （我的）襯衫胸口的地方有沾到污垢，可以幫我去污嗎？
S 去污嗎？我知道了。
G 什麼時候可以洗好呢？
S 早上 11 點之前遞出來的話，當天的傍晚就可以洗好。如果過了早上 11 點才遞出的話，就是隔天的傍晚。

～てもらえますか

例

- ボタンを付ける ⇨ ボタンを付けてもらえますか。
- アイロンをかける ⇨ アイロンをかけてもらえますか。
- 請求書を見せる ⇨ 請求書を見せてもらえますか。
- ファクスを送る ⇨ ファクスを送ってもらえますか。

～に～（出来上がります）

例

- 明日の朝（お届けいたす）⇨ 明日の朝にお届けいたします。
- 明日の夕方（仕上がります）⇨ 明日の夕方に仕上がります。

- 午後 6 時までに（お返事いたす） ⇨ 午後 6 時までにお返事いたします。

會話 2　P. 124

G 我想送洗這件外套。

S 這件外套的材質是皮的嗎？

G 是的。

S 很抱歉。我們無法清洗皮製品。

G 是嗎？

S 這附近有專門清洗皮革的洗衣店，如果您有需要的話，可以送過去清洗。

G 就在附近是嗎？請告訴我在哪裡。

～かねます

例 1

- いたす ⇨ いたしかねます。
- わかる ⇨ わかりかねます。
- 応じる ⇨ 応じかねます。
- お受けできる ⇨ お受けできかねます。

例 2

- ご依頼 ⇨ ご依頼はお引き受けできかねます。
- 延泊の申し込み ⇨ 延泊の申し込みはお引き受けできかねます。

Unit 13

會話 1　P. 132

（在餐廳）

G 早安。（拿出早餐券）

S 早安。請問二位嗎？

G 是的。

S 我帶您到位子上，請往這邊。

（帶位）

S 早餐是自助式的，請自由取用。

G 好的，謝謝。

S 早餐到 10 點，請您慢用。

どうぞ、～お（ご）～ください

例

- 好きなものを選ぶ ⇨ どうぞ好きなものをお選びください。
- ゆっくり召し上がる ⇨ どうぞゆっくりお召し上がりください。
- ご自由に座る ⇨ どうぞご自由にお座りください。
- ゆっくり楽しむ ⇨ どうぞゆっくりお楽しみください。

會話 2　P. 134

S 請問您要點什麼？

G A 餐一份。

S 我們有附蛋，請問您要的是哪一種？

G 有哪些種類呢？

S 我們有荷包蛋、西式蛋捲、炒蛋、水煮蛋。

G 麻煩給我荷包蛋。我要兩面煎熟。

S 好的。

～は　いかがいたしましょうか

例

- お飲み物 ⇨ お飲み物はいかがいたしましょうか。
- トーストの焼き加減 ⇨ トーストの焼き加減はいかがいたしましょうか。
- たまご ⇨ たまごはいかがいたしましょうか。
- 魚 ⇨ 魚はいかがいたしましょうか。
- ステーキの焼き加減 ⇨ ステーキの焼き加減はいかがいたしましょうか。

～をお願いします

例

- 洋食セット（ひとつ） ⇨ 洋食セットをひとつお願いします。
- 和食セット（ひとつ） ⇨ 和食セットをひとつお願いします。

- ミックスジュース（1杯）⇨ ミックスジュースを1杯お願いします。
- コーヒー（1杯）⇨ コーヒーを1杯お願いします。

Unit 14

會話 1　　　P. 138

S 這裡是客房服務部門。

G 這裡是 2215 號房，我要點餐。

S 好的，請說。

G 我要小籠包套餐及果汁。

S 好的。請問您要什麼果汁？有番茄、葡萄柚、柳橙、蘋果可提供選擇。

G 我要蘋果汁。

S 好的。您點的是小籠包套餐及蘋果汁。

G 沒錯。

S 您點的餐點會在二十分鐘後送到。謝謝。

～は何になさいますか

例

- お飲み物 ⇨ お飲み物は何になさいますか。
- デザート ⇨ デザートは何になさいますか。
- コーヒー ⇨ コーヒーは何になさいますか。
- ドレッシング ⇨ ドレッシングは何になさいますか。
- スープ ⇨ スープは何になさいますか。

會話 2　　　P. 140

S 客房餐飲部。您的餐點我送來了。

G 請進。

S 打擾了，請問放在這裡可以嗎？

G 好的。

S 不好意思。麻煩您在這裡簽名。
（客人簽名）

G 謝謝您。您用完餐後，麻煩您跟櫃檯連絡。

S 好。

G 請您慢慢享用。謝謝您。（走出房間）打擾您了。

Unit 15

會話 1　　　P. 148

S 這裡是前檯。

G 我是 1010 號房的田中，麻煩你幫我叫計程車。

S 好的。等車到了我會通知您的，請您在房間內稍待片刻。

（過了一會兒）

S 田中小姐，您的車子來了，請您到大廳。服務人員會帶您到車子那邊。

～でお待ちください

例

- ロビー ⇨ ロビーでお待ちください。
- ホテルの正面玄関 ⇨ ホテルの正面玄関でお待ちください。
- 駐車場 ⇨ 駐車場でお待ちください。
- 廊下の椅子の所 ⇨ 廊下の椅子の所でお待ちください。

～へお越しくださいませ

例

- 1 階のカウンター ⇨ 1 階のカウンターへお越しくださいませ。
- 26 階のレストラン ⇨ 26 階のレストランへお越しくださいませ。
- フロント ⇨ フロントへお越しくださいませ。
- ホテルの正面玄関 ⇨ ホテルの正面玄関へお越しくださいませ。

會話 2　　　P. 150

G 我想到中正紀念堂，請問要如何搭巴士去？

S 中正紀念堂的話，與其搭巴士還不如搭捷運比較方便，而且也比較容易懂。從本飯店過去，大約 10 分鐘。

G 是嗎？那麼最近的車站在哪裡？

S 走路到最近的中山站，再從那裡搭紅線到中正紀念堂站下車。

G 好的，謝謝。

どう～ばいいですか

例

- 書く ⇨ どう書けばいいですか。
- する ⇨ どうすればいいですか。
- 使う ⇨ どう使えばいいですか
- 設定する ⇨ どう設定すればいいですか。

例 2

- ホテルからだと ⇨ ホテルからだと、どう行けばいいですか。
- そこへは ⇨ そこへは、どう行けばいいですか。

會話 3　　P. 152

G 明天我想搭機場巴士到機場，請問要在哪裡搭乘？

S 在飯店的斜對面有乘車站，請問您是搭幾點的班機呢？

G 早上 10 時半的班機。

S 那樣的話，有 7 時半的巴士。到機場大概要花將近一個小時的時間，但是依路況不同，時間略有差異。

G 是嗎？那就搭那班吧！

お～ですか

例 1

- 持つ ⇨ お持ちですか。
- 待つ ⇨ お待ちですか。
- 出張する ⇨ ご出張ですか。
- 戻る ⇨ お戻りですか。

例 2

- 手荷物はいくつ持つ ⇨ 手荷物はいくつお持ちですか。
- 送迎を待つ ⇨ 送迎をお待ちですか。
- 台湾へ出張する ⇨ 台湾へご出張ですか。
- 何時ごろ戻る ⇨ 何時ごろお戻りですか。

Unit 16

會話 1　　P. 156

G 我想去夜市，能不能幫我推薦哪裡比較好？

S 規模大的士林夜市怎麼樣？交通也很方便。

G 要怎麼去？

S 只要搭往淡水捷運在「劍潭」站下車就行了。出車站後就是夜市的建築物。

～を出ると～

例

- 駅（高いビルが見えます） ⇨ 駅を出ると高いビルが見えます。
- 駅（右側に曲がってお進みください） ⇨ 駅を出ると右側に曲がってお進みください。
- 駅（大きな公園がございます） ⇨ 駅を出ると大きな公園がございます。
- 駅（すぐに屋外のフードコートがございます） ⇨ 駅を出るとすぐに屋外のフードコートがございます。

會話 2　　P. 158

G 我想去稍微遠一點，可以當天往返的地方，能否給我一些建議？

S 「北投」或「烏來」有溫泉，可以體驗一下和日本不同的氣氛。

G 還有其他建議的地方嗎？

S 這個嘛……，推薦您因為電影而有名的九份，另外，淡水也不錯。搭捷運就可以到。

～がおすすめです

例

- MRT で気軽に行ける淡水 ⇨ MRT で気軽に行ける淡水がおすすめです。
- 豆腐で有名な深坑 ⇨ 豆腐で有名な深坑がおすすめです。
- 陶磁器で有名な鶯歌 ⇨ 陶磁器で有名な鶯歌がおすすめです。

- 鉄観音茶で有名な猫空 ⇨ 鉄観音茶で有名な猫空がおすすめです。

Unit 17

會話 1　P. 161

🇬 我想把日圓換成台幣。

🇸 好的。

🇬 請問今天匯率是多少？

🇸 今天的匯率是 1 日圓兌換 0.31 台幣。

🇬 知道了。那麼請幫我換 3 萬日圓的台幣。

🇸 好的。3 萬日圓換成台幣是 9300 元，可以嗎？

🇬 好的，麻煩你。

🇸 那麻煩您填一下這張表格。還有麻煩您把護照借給我看一下。

～てほしいんですが

例

- 安くする ⇨ 安くしてほしいんですが。
- 変更する ⇨ 変更してほしいんですが。
- 場所を教える ⇨ 教えてほしいんですが。
- ちょっと荷物を見る ⇨ ちょっと荷物を見てほしいんですが。

～ですと、～になります

例

- 3 万円・8,034 元 ⇨ 3 万円ですと 8034 元になります。
- 3 万円 ・10,500 元 ⇨ 3 万円ですと 10500 元になります。

Unit 18

會話 1　P. 168

🇸 這裡是台北的 ABC 飯店。

🇦 請你幫我把電話轉接給住那邊的森田英世先生好嗎？

🇸 對不起，請問您尊姓大名？

🇦 我叫青木。

🇸 是青木小姐嗎？請稍等，不要掛斷。

⋯⋯⋯⋯（打電話到房間）⋯⋯⋯⋯

🇸 森田先生嗎？有位青木小姐打電話找您？您要接嗎？

🇬 請幫我轉接過來。

～をうかがえますか

例

- ご意見 ⇨ ご意見をうかがえますか。
- ご感想 ⇨ ご感想をうかがえますか。
- ご要望 ⇨ ご要望をうかがえますか。
- 電話番号 ⇨ 電話番号をうかがえますか。

會話 2　P. 170

🇦 能不能幫我轉接住在那裡的藤井健二先生？

🇸 對不起，請問您尊姓大名？

🇦 我叫青木。

🇸 好的。請稍待片刻。

⋯⋯⋯⋯（過了一會兒）⋯⋯⋯⋯

對不起讓您久等了。藤井先生好像正好外出不在。他回來後，是否需要我跟他說您有來電？

🇦 好的，我是青木玲奈。電話是 81-3-234-7872。

🇸 好的。我會如實傳達。

～（ら）れます

例 1

- 読む ⇨ 読まれます。
- 乗る ⇨ 乗られます。

例 2

- 読む ⇨ 読まれましたら～。
- 乗る ⇨ 乗られましたら ~。

Unit 19

會話 1　P. 178

S 這是前檯。

G 這裡是 1010 號房，我房間的溫度沒辦法調整。

S 我會幫您立刻聯絡相關人員去處理，麻煩稍等一下。

………（一會兒後，1010 室）………

S 客房部。

G 請進。

S 不好意思。

…………（檢查空調）…………

S 請您先按這個開關，然後再調節房間溫度就可以了。

G 這樣子啊？

S 我調好了最佳的溫度，請稍等五分鐘。

G 謝謝。

S 不客氣。有什麼問題，儘管吩咐我們。

會話 2　P. 180

S 這是櫃檯。

G 我是 1010 號房，電梯的聲音很吵，吵得我睡不著，能不能幫我換房？

S 很抱歉。我們會立刻幫您準備另外一間房，麻煩稍待片刻。等準備好之後，我們會馬上通知您。

…………（一會兒後）…………

S 這是櫃檯。現在房間準備好了，服務人員會帶您過去，請稍等。

G 我知道了，謝謝。

〜て眠れません

例

- 隣の部屋の音が大きい ⇨ 隣の部屋の音が大きくて眠れません。
- 部屋が暑い ⇨ 部屋が暑くて眠れません。
- 部屋が寒すぎる ⇨ 部屋が寒すぎて眠れません。

- 部屋が不気味で、怖すぎる ⇨ 部屋が不気味で、怖すぎて眠れません。

Unit 20

會話 1　P. 184

（在電話中）

G 我是剛才辦完退房的房客。我好像把東西忘在房間裡了，可不可以麻煩你幫我檢查一下。

S 請告訴我您的大名。

G 我叫森田。我住的房間是 1513 號房。

S 請問您遺忘是什麼物品呢？

G 是一本黑色的記事本，我想應該是放在書桌上了。

S 我幫您查查看，請稍等一下。

…………（過了一會兒）…………

讓您久等了。是的，的確有您忘記的黑色的記事本。

G 啊，太好了。那我現在就過去拿。

S 好的。我們會先寄放在前檯。

位置　に　物を忘れました

例

- トイレ・帽子
  ⇨ トイレに帽子を忘れました。
- 金庫・パスポート
  ⇨ 金庫にパスポートを忘れました。
- クローゼット・マフラー
  ⇨ クローゼットにマフラーを忘れました。
- テーブル・サングラス
  ⇨ テーブルにサングラスを忘れました。

會話 2　P. 186

G 對不起，我剛剛在 1 樓的咖啡廳喝茶，好像把東西忘在那裡了。

S 請問您忘了的是什麼東西？

G 是數位相機。

S 您是坐在什麼位置？

G 靠窗中間的座位。

S 我幫您查查看，請稍等一下。

………（過了一會兒）………

很抱歉。沒有找到您所說的數位相機……。

G 我記得應該是掉在那裡沒錯……。如果之後有找到的話，能不能通知我一聲？我是1517號房的森田。

S 好的。找到的話，我們會跟您連絡。

位置　です

例1

● 2階のレストラン
⇨ 2階のレストランです。

● テラス席 ⇨ テラス席です。

● 個室 ⇨ 個室です。

● テーブル席 ⇨ テーブル席です。

● カウンター席 ⇨ カウンター席です。

● 右側奥の窓際の席
⇨ 右側奥の窓際の席です。

● 入り口近く ⇨ 入り口近くです。

Unit 21

會話 1 P. 189

S 這是櫃檯。

G 我是1010號房的客人，我好像感冒了，有點發燒。是不是可以給我一些藥？

S 非常抱歉，我們沒辦理提供藥品。但是我們飯店內有醫務室，附近也有醫院，我們可以帶您過去，可以嗎？

G 我不太嚴重，飯店內的醫務室就可以了。

S 好的，我們會帶您到飯店內的醫務室。服務人員會到您的房間，請您稍等。

G 謝謝。

〜ことになっております

例

● 予約なしに診療できない ⇨ 予約なしに診療できないことになっております。

● 病院までの送迎はできない ⇨ 病院までの送迎はできないことになっております。

● 証明書等の発行はできない ⇨ 証明書等の発行はできないことになっております。

● 宿泊者以外の方は利用できない
⇨ 宿泊者以外の方は利用できないことになっております。

● 貴重品はお預かりできない ⇨ 貴重品はお預かりできないことになっております。

● 駐車できない ⇨
駐車できないことになっております。

③ 練習解答

Unit 3 P. 35

① 次の単語を日本語で答えなさい。

1. お得プラン
2. 満室
3. 空室
4. スタンダード
5. グレード
6. 素泊まり

② 例のように文を作りなさい。

1. お知らせします
2. ご確認します
3. ご案内します
4. お呼びください
5. こちらにお座りください
6. こちらにお並びください
7. お待ちできます
8. ご用意できます
9. ご利用できます
10. お過ごしくださいませ
11. ご利用くださいませ
12. お越しくださいませ

③ a,b の正しいほうを選びなさい。

1. a　2. b　3. b　4. a

④ 正しい順番に並びかえなさい。

1. ただいまお部屋を確認いたします。
2. 連泊の場合割引がございます。
3. 10%を前金として請求いたします。
4. パスポートを拝見させていただきます。

⑤ 次の文を翻訳しなさい。

1. お名前を教えていただけますか。
2. ご予約ありがとうございました。
3. 9月は満室でございます。
4. 一泊お一人様一万円でございます。

⑥ （　）に単語を記入しなさい。

1. 申し訳ございません
2. お待ちして
3. かわります

Unit 4 P. 43

① 次の単語を日本語で答えなさい。

1. 和室
2. 洋室
3. 四人部屋
4. シングルルーム
5. ツインルーム
6. ダブルルーム
7. 角部屋
8. 道路側
9. 高層階

② a,b の正しいほうを選びなさい。

1. a　2. b　3. b

③ 正しい順番に並びかえなさい。

1. 和室は満室でお取りできませんが…。
2. ダブルルームでしたらお取りできます。
3. もう少し安いプランはありますか。
4. ご予約のキャンセルを確かに承りました。

④ 例のように文を作りなさい。

1. ご予約いただけます
2. ご来館いただけます
3. ご利用いただけます
4. お教えいただけます

⑤ 次の文を翻訳しなさい。

1. ご希望の日は全館満室になっております。
2. ほかの日でご検討いただけませんでしょうか。
3. お子様の朝食は付いておりません。

6　（　）に単語を記入しなさい。

1. お願いします。
2. 恐れ入ります
3. 宿泊
4. させていただきます

Unit 5　P. 56

1　次の単語を日本語で答えなさい。

1. フロント
2. コンシェルジュ
3. ドアマン
4. チップ
5. 非常口
6. 階段
7. エレベーター
8. 廊下の突き当たり
9. トランク
10. 引き換え証
11. 貴重品
12. フロア

2　例のように文を作りなさい。

1. お手伝いいたしましょうか
2. ご用意いたしましょうか
3. ご変更いたしましょうか
4. お戻りになりますか
5. お休みになりますか
6. ご利用になりますか
7. お運びいたしておきます
8. お掛けいたしておきます
9. お預かりいたしておきます

3　a,b の正しいほうを選びなさい。

1. b　　2. a　　3. a

4　正しい順番に並びかえなさい。

1. お部屋までご案内いたします。
2. 当ホテルはノーチップ制でございます。
3. ポーターがお部屋までお届けいたします。
4. お気持ちだけお受けいたしておきます。

5　次の文を翻訳しなさい。

1. 他にご用はございませんか。
2. 何かございましたらフロントまでご連絡ください。
3. 非常口をご案内いたします。
4. エアコンの調節はできます。

6　（　）に単語を記入しなさい。

1. ようこそ
2. お持ち
3. かしこまりました
4. ございます

Unit 6　P. 69

1　次の単語を日本語で答えなさい。

1. パスポート
2. 宿泊カード
3. 予約確認書
4. 予約番号
5. 泊まる
6. 滞在する
7. デポジット / 預かり金
8. 個人客
9. 団体客
10. カードキー
11. 番号札
12. ロビー

2　a,b の正しいほうを選びなさい。

1. b　　2. a　　3. a

3　例のように文を作りなさい。

1. お取りしております
2. お預かりしております
3. ご用意しております
4. お選びいただけますでしょうか
5. お聞かせいただけますでしょうか
6. ご協力いただけますでしょうか
7. こちらはルームカードでございます
8. こちらは番号札でございます

9. こちらは部屋のかぎでございます

4 正しい順番に並びかえなさい。

1. お客様にお荷物が届いております。
2. ご要望がございましたらフロントにお申し付けください。
3. お部屋はツインをお取りしております。

5 チェックインの順序に従って文を作りなさい。

1. この用紙にお名前、パスポート番号などをご記入ください。
2. パスポートをご確認させていただきます。
3. 朝食はロビーのレストランにて、6 時 30 分から 10 時までご利用いただけます。
4. 係りの者がお部屋までご案内いたします。

Unit 7 P. 82

4 次の単語を中国語か日本語で答えなさい。

1. 信用卡
2. 服務費
3. 提早住房
4. 延後退房
5. お控え
6. 税込み
7. サインする
8. 有料
9. 無料

2 a,b の正しいほうを選びなさい。

1. b　　2. b　　3. a　　4. b　　5. b

3 正しい順番に並びかえなさい。

1. またのご利用をお待ち申し上げております。
2. 金額はサービス料が含まれております。
3. お支払いはどのようになさいますか。
4. よくお休みになられましたか。

4 カード支払いの文を作りなさい。

1. カードでお願いします。

2. カードをお預かりいたします。
3. こちらにサインをお願いします。
4. カードとお控えでございます。

5 シチュエーションによって相応しい文を作りなさい。

例：
1. ご滞在はいかがでしたか。
   よくお休みになられましたか。
2. またお目にかかれる日をお待ちしております。
   お気をつけてお帰りくださいませ。
3. 合計で 5,400 元でございます。
   サービス料込みでございます。

Unit 8 P. 88

1 例のように文を作りなさい。

1. 渡してもらえますか。
2. 部屋を替えてもらえますか。
3. タオルを交換してもらえますか。
4. 使い方を説明してもらえますか。

2 a,b の正しいほうを選びなさい。

1. a　　2. b　　3. a

3 正しい順番に並びかえなさい。

1. チェックインまで荷物を預かってもらえませんか。
2. そちらのクロークへお預けくださいませ。
3. この番号札をお持ちください。
4. お引取りの際にスタッフにお渡しください。

4 謝罪の文をつくりなさい。

1. お役に立てなくて、申し訳ございません。
2. ご迷惑をお掛けして、申し訳ございません。

附録

3

練習解答

3. お待たせして、申し訳ございません。

3. 無料　　　　　　5. 際
4. 予約　　　　　　6. ご連絡

Unit 9　　P. 101

1 次の単語を日本語で答えなさい。

1. プール　　　　　4. マッサージ
2. バー　　　　　　5. 託児サービス
3. コインランドリー　6. キッズルーム

1 漢字の読み方を書きなさい。

1. ほんかん　　　　4. じどうはんばいき
2. しんかん　　　　5. ばいてん
3. べっかん　　　　6. しょくじどころ

3 例のように文を作りなさい。

1. お問い合わせをいただければご予約を承ります
2. ご返事をいただければ幸いです
3. ご連絡をいただければ幸いです
4. ケーブルを繋いでいただければご利用になれます
5. ルームキーを見せていただければご利用になれます
6. あらかじめ問い合わせていただければご利用になれます

4 a,b の正しいほうを選びなさい。

1. b　　2. a　　3. a　　4. b

5 正しい順番に並びかえなさい。

1. この近くにコンビニがございます。
2. ルームサービスは 24 時間でご利用いただけます。
3. ロッカーの使用には 10 元かかります。

6 （ ）に最も合う単語を□から選びなさい。

1. 営業時間　　　　2. 利用

Unit 10　　P. 109

1 例のように文を作りなさい。

1. 車でお越しの場合は、お知らせください
2. 同じフロアご希望の場合は、ご到着前にお知らせください
3. 国際電話の場合は、はじめに国番号を押してください

2 a,b の正しいほうを選びなさい。

1. b
2. b
3. a
4. a

3 正しい順番に並びかえなさい。

1. Wi-fi は全館でご利用いただけます。
2. パスワードはホテル案内に書いております。
3. 事前にご予約が必要になります。
4. 足りなければフロントまでお申し付けくださいませ。

4 次の単語を中国語で答えなさい。

1. 洗髪精　　　　　6. 保険箱
2. 潤髪乳　　　　　7. 浴袍
3. 沐浴乳　　　　　8. 迷你吧 (冰箱)
4. 衛浴用品　　　　9. 兒童椅
5. 礦泉水

5 左の文に最も適当な文を右から選んで線を引きなさい。

1. c　　2. d　　3. b　　4. a

6 次の文を中国語に翻訳してみてください。

1. 把貴重物品放進去之後，在轉盤上設下四位數密碼，就設定完成了。
2. 電視下面櫃子的門打開後，冰箱就在裡面。裡面備有含酒精的飲料、果汁、礦泉水。
3. G：請給我適用台灣的插頭及變壓器。
   S：好的，稍後為您送過來。電壓是 110 伏特，請您確認。

Unit 11　　P. 120

1 次の単語を日本語で答えなさい。

1. 取り替える
2. 片付ける
3. 点検する
4. 布団
5. マットレス
6. 枕カバー
7. シーツ
8. 水洗いする
9. ドライクリーニングする
10. 引き受ける
11. スーツ
12. ワンピース

2 例のように文を作りなさい。

1. 調べさせていただきたいのですが
2. 確認させていただきたいのですが
3. 遠慮させていただきたいのですが
4. カーテンを開けてもよろしいでしょうか
5. 毛布を交換してもよろしいでしょうか
6. 取り替えてもよろしいでしょうか

3 a,b の正しいほうを選びなさい。

1. a　　2. b　　3. a　　4. a
5. a

ただいまお持ちいたします

4 正しい順番に並びかえなさい。

1. トイレットペーパーを補充していただけますか。
2. 他にご用はございませんか。
3. 部屋の掃除をしてもらえませんか。

5 次の文を翻訳しなさい。

1. 30 分後に来てくれませんか。
2. お部屋までお届けいたします。
3. クリーニングの仕上がりは翌日でございます。

Unit 12　　P. 126

1 正しい順番に並びかえなさい。

1. このコートのクリーニングをお願いしたいんですが。
2. こちらの素材は革でございますね。
3. 当日の夕方に出来上がります。
4. しみ抜きをしてもらえませんか。

2 「～かねます」を使って断る文を書きなさい。

1. 下着類のクリーニングはお引き受けできかねます。
2. 深夜の受け付けは応じかねます。
3. 当日の予約状況はわかりかねます。

3 日本語で以下のサービスを説明してください。

1. お部屋のランドリー袋に入れて、ランドリー用紙にご記入ください。
2. 朝 11 時までにお出しいただければ、当日の夕方に出来上がります。朝 11 時過ぎてしまうと、次の日の夕方に仕上がります。

Unit 13　　P. 136

1　次の単語を日本語で答えなさい。

1. ビュッフェスタイル
2. セルフサービス
3. セット
4. メニュー
5. 取り皿
6. トレー
7. ～抜き
8. 焼く
9. 煮込む
10. 茹でる
11. 蒸す
12. 揚げる

2　例のように文を作りなさい。

1. どうぞ好きなものをお選びください
2. どうぞお召し上がりください
3. どうぞゆっくりお楽しみください
4. どうぞご自由にお座りください

3　助詞を記入しなさい。

1. へ　　2. まで　　3. から　　4. は

4　正しい順番に並びかえなさい。

1. 前菜はこの中からお選びください。
2. ご注文は以上でよろしいでしょうか。
3. 追加のご注文はございますか。

5　次の文を翻訳しなさい。

1. A セットを一人前お願いします。
2. 卵料理が付きますが、いかがいたしましょうか。
3. じゃ、目玉焼きをお願いします。
4. ご注文はお決まりでしょうか。

6　以下のような場面で、お客様に何と言うか考えなさい。

1. おはようございます。何名様でございますか。
2. 朝食は 10 時まででございます。どうぞごゆっくりお召し上がりください。
3. お食事はビュッフェスタイルでございます。どうぞご自由にお取りください。
4. 飲み物はいかがいたしましょうか。

Unit 14　　P. 142

1　例のように文を作りなさい。

1. デザートは何になさいますか
2. ドレッシングは何になさいますか
3. コーヒーは何になさいますか
4. スープは何になさいますか

2　正しい順番に並びかえなさい。

1. ここに置いてよろしいでしょうか。
2. こちらにサインをお願いいたします。
3. お食事がお済みになりましたらご連絡ください。
4. どうぞごゆっくりお召し上がりください。

3　もっと丁寧の言い方を変えましょう。

1. 申し訳ございません。
2. 少々お待ちくださいませ。
3. ただいまお持ちいたします。
4. はい、そうさせていただきます。

Unit 15　　P. 154

1　次の単語を日本語で答えなさい。

1. MRT
2. 最寄の駅
3. 送迎バス
4. 貸切ハイヤー
5. 空港バス
6. 第一ターミナル
7. 両替する
8. レート
9. ロープウェー

2 例のように文を作りなさい。

1. 送迎をお待ちですか
2. 手荷物はいくつお持ちですか
3. どちらへお出かけですか
4. 何時ごろお戻りですか

3 a,b の正しいほうを選びなさい。

1. b　　2. a　　3. b　　4. a

4 正しい順番に並びかえなさい。

1. 7時半のバスがよろしいかと思います。
2. 当ホテルからだと10分ぐらいです。
3. そこへはどう行けばいいですか。
4. ホテルの斜め前に駅がございます。

5 次の文を翻訳しなさい。

1. どちらに向けてご出発でしょうか。
2. タクシーをお呼びしましょうか。
3. 料金はお降りの際にお支払いください。

6 （　）に助詞を記入しなさい。

1. に　　2. で　　3. まで　　4. と

7 以下のような場合、お客様に何と言うか考えなさい。

1. ○○様、お車が参りました。ロビーへお越しくださいませ。
2. 猫空ロープウェーで猫空へ行って、お茶するのがよろしいかと思います。
3. ホテルの斜め前にバス停がございます。そちらからお乗りくださいませ。

Unit 16　　P. 160

1 例のように文を作りなさい。

1. 駅を出ると高いビルが見えます
2. ホテルを出ると大きな公園がございます

3. ホテルを出ると向かいに駅がございます
4. 駅を出るとすぐにフードコートがございます

2 例のように文を作りなさい。

1. 観音茶で有名な猫空がおすすめです
2. MRTで気軽に行ける淡水がおすすめです
3. 豆腐で有名な深坑がおすすめです
4. 陶磁器で有名な鶯歌がおすすめです

3 （　）に単語を記入しなさい。

1. いかがでしょう
2. よろしい
3. 乗っ
4. 降り
5. 出る
6. ございます

Unit 17　　P. 163

1 例のように文を作りなさい。

1. 安くしてほしいんですが
2. 変更してほしいんですが
3. 場所を教えてほしいんですが
4. ちょっと荷物を見てほしいんですが
5. 3万円ですと、8,034台湾ドルになります。
6. 2万円ですと、5,467台湾ドルになります。

3 （　）に単語を記入しなさい。

1. 両替して
2. 対し
3. ございます
4. ご記入

4 次の文を翻訳しなさい。

1. パスポートを拝見させていただきます。
2. 今日のレートはどうなっていますか。
3. 3万円分両替してください。

Unit 18　　P. 172

1 次の単語の読み方を書きなさい。

1. こくないでんわ
2. こくさいでんわ
3. くにばんごう
4. けいたいでんわ
5. でんごん
6. るす
7. 〜あて
8. こじんじょうほうほご
9. でんぱ

2 例のように文を作りなさい。

1. 読まれます
2. 帰られます
3. 乗られます
4. 確認されます

3 a,b の正しいほうを選びなさい。

1. b　　2. a　　3. a　　4. b

4 正しい順番に並びかえなさい。

1. ご伝言をお預かりしております。
2. わたし宛にファックスは届いていませんか。
3. お部屋にいらっしゃらないようです。
4. 申し訳ございませんがお答えできません。

5 次の文を翻訳しなさい。

1. 青木という方からお電話が入っております。お繋ぎしてもよろしいでしょうか。
2. 失礼ですが、お名前をうかがえますか。
3. 戻られましたら電話があったことをお伝えしましょうか。
4. 伝言をお願いしてよろしいでしょうか。

6 □から単語を選んで（　）に記入しなさい。

1. ただ今
2. お繋ぎ
3. そのまま
4. あいにく　　　　5. もしもし

Unit 19　　P. 182

1 次の単語を日本語で答えなさい。

1. 苦情
2. トラブル
3. うるさい
4. 風邪を引く
5. 気分が悪い
6. 下痢をする
7. めまいがする
8. 熱がある
9. 忘れ物

2 例のように文を作りなさい。

1. 隣の部屋の音が大きくて、眠れません。
2. 部屋が寒すぎて、眠れません。
3. 部屋が暑くて、眠れません。
4. 体がかゆくて、眠れません。

3 a,b の正しいほうを選びなさい。

1. b　　2. a　　3. a　　4. a

4 正しい順番に並びかえなさい。

1. 部屋をかえてもらえませんか。
2. もう少しお静かにお願いいただけますでしょうか。
3. 準備ができましたらご連絡いたします。
4. さっそく代わりのお部屋をご用意いたします。

5 次の文を翻訳しなさい。

1. どのようなご用件でしょうか。
2. ご協力ありがとうございます。
3. ご迷惑をおかけして申し訳ございません。

6 □から単語を選んで（　）に記入しなさい。

1. つながりません
2. 映りません
3. 開きません
4. 流れません
5. 汚れています

Unit 20　　P. 188

1 例のように文を作りなさい。

1. トイレに帽子を忘れました。
2. 金庫にパスポートを忘れました。
3. 部屋にかばんを忘れました。
4. テーブルに眼鏡を忘れました。

2 正しい順番に並びかえなさい。

1. お忘れになったものは何でしょうか。
2. お探ししましたがどこにも見当たりません。
3. 後から出てきたら知らせてもらえませんか。
4. 見つかりましたらご連絡させていただきます。

3 （　）に単語を記入しなさい。

1. お名前
2. お忘れ
3. ございます
4. たぶん
5. お調べ

Unit 21　　P. 191

1 例のように文を作りなさい。

1. 駐車できないことになっております
2. 予約なしに診療できないことになっております
3. 証明書などの発行はできないことになっております
4. 病院までの送迎はできないことになっております
5. 貴重品はお預かりできないことになっております

2 □から単語を選んで（　）に記入しなさい。

1. どうやら
2. 薬
3. ご用意
4. 代わりに
5. 近くに
6. ひどく

附録

3
練習解答

完美接待!
飯店服務日語

作　　　者	松本美佳／田中結香／葉平亭
編　　　輯	黃月良
校　　　對	洪玉樹

美 術 設 計	林書玉
內 頁 排 版	謝青秀
圖　　　片	Shutterstock
製 程 管 理	洪巧玲
發 行 人	黃朝萍
出 版 者	寂天文化事業股份有限公司
電　　　話	+886-(02)-2365-9739
傳　　　真	+886-(02)-2365-9835
網　　　址	www.icosmos.com.tw
讀 者 服 務	onlineservice@icosmos.com.tw
出 版 日 期	2025年2月 初版一刷（寂天雲隨身聽APP版）

＊本書原書名《飯店服務日語》

郵 撥 帳 號　　1998-6200 寂天文化事業股份有限公司

・訂書金額未滿1000元，請外加運費100元。
〔若有破損，請寄回更換，謝謝。〕

國家圖書館出版品預行編目資料（CIP）

完美接待!飯店服務日語(寂天雲隨身聽APP版)/
松本美佳, 田中結香, 葉平亭著. -- 初版. -- [臺北
市] : 寂天文化事業股份有限公司, 2025.02
　面；　公分

ISBN 978-626-300-299-9 (16K平裝)

1.CST: 日語 2.CST: 旅館業 3.CST: 會話

803.188　　　　　　　　　　114000767